KB274198

담장 너머

담장 너머

발행 | 2026년 2월 6일

지은이 | 박기옥

발행인 | 신중현
표지디자인 | 박병철
책임편집 | 양성애
책임교정 | 박선아
마케팅 | 신호철

펴낸곳 | 도서출판 학이사
출판등록 | 제25100-2005-28호

대구광역시 달서구 문화회관11안길 22-1(장동)
전화_(053) 554-3431, 3432　팩시밀리_(053) 554-3433
홈페이지_http://www.학이사.kr
이메일_hes3431@naver.com

ISBN _ 979-11-5854-608-3 03810

學而思 학이사

박기옥 수필집

담장 너머

낯섦을 꿈꾸며

수필이 '나의 이야기를 우리의 이야기로 확장하는 문학 장르' 라면 작가는 당연히 담장 너머의 낯섦에 목말라야 할 일이다. 나는 여태껏 나의 담장을 쌓는 일에만 전념해 왔는 지도 모른다. 그거야말로 나와 남을 구분하는 바로미터로 이 해하고, 나의 영역을 지키는 방법으로 인식했기 때문이다.

담장은 그 너머에 무언가가 있음을 의미한다. 무언가가 있기에 담장이 생긴 것이다. 나의 한계를 넘어선 그 무엇이 다.

언젠가부터 나는 그 낯섦을 주목하기 시작했다. 가까운 이웃부터 먼 나라 이웃까지, 그들의 자연과 삶 모든 것이 궁 금해졌다. 눈 크게 뜨고 관심 갖고, 냄새 맡고, 살펴보기 시 작했다. 그들의 시간 속으로 들어가 분석하고, 이해하고, 공 유하려 애썼다.

오래된 꿀병 뚜껑을 담장 너머로 해결한 날, 나는 산이라도 들어 올린 듯 기뻤다. 명절에나 올 자식들에게 의존하지 않고 담장 너머로 처리하니 스스로 대견했다. 돌아보면 담장 너머에는 내가 도울 일도, 도움을 받을 일도 많을 것이다. 수필이 이래서 좋다. 별보다 달보다 좋다.

2026년 새해에

박기옥

1부

봄

기분 좋은 날

천지가 개벽할 일이다. 신년 모임에서 내가 '어린이 한복' 수혜자로 당첨되었다.

오래된 모임이라 찬조 물품이 많았다. 도서상품권도 있었고, 홍삼엑기스도 있었다. 스카프와 쿠션도 있었다. 현금도 있었다. 그중에서도 최고 인기 상품은 단연 어린이 한복이었다. 한복집을 운영하고 있는 회장이 통 크게 찬조한 물품이었다. 가격도 70만 원대라고 하니 이런 횡재가!

나는 워낙 횡재와는 거리가 먼 사람이었다. 초등학교 때부터도 그 흔한 보물찾기 한 번 성공한 적이 없었다. 어른이 되어서도 행운권 같은 것과는 거리가 멀었다. 개업 행사에 가도 행운권은 아예 접수조차 하지 않을 때도 있었다. 평생토록 그 흔한 복권 한 번 사본 적이 없었다. 떨어질 것이 뻔했기 때문이었다.

그날도 주최 측에서 행운권 번호를 주었지만 나는 관심을 두지 않았다. 운 좋은 사람들이 더러 선물을 받는 동안 나는 박수나 치며 앉아있었다. 남자 회원 한 사람이 스카프에 당첨되어 잠시 부러웠다. 스카프는 예뻤다. 그는 멋있게 옆자리에 앉아있는 여자 회원에게 그것을 선물했다. 쿠션도 근사했다. 내 앞에 앉은 남자 회원은 그것을 끌어안고는 '아내가 좋아하겠다' 며 흡족해했다. 바로 그때였다. 옆 사람이 내 옆구리를 찔렀다. 내 번호가 호명되었다는 것이다. 나는 얼떨결에 앞으로 나갔다. 오늘의 하이라이트 어린이 한복이었다. 박수가 터져 나왔다.

흥분을 참지 못하고 가족 단톡방에다 이를 알렸다. 자식들이 나보다 더 좋아했다. 그동안 외면했던 행운의 여신이 올해부터는 엄마한테도 미소 지으려나 보다고 덕담이 오갔다. 한복 대상으로는 여섯 살과 일곱 살 외손자들이 물망에 올랐다. 큰애를 줘야 하느니 작은애를 줘야 하느니 시끄럽던 중 아이 엄마가 끼어들었다. 아이들 한복은 설빔용으로 이미 구입했으니 엄마 한복이나 새로 한 벌 장만하라고 했다. 상품권이 아이 거라 어른은 안 된다고 했더니 추가 비용을 얹어주면 되지 않겠느냐고, 그 돈은 축하금으로 자신이 부담하겠다고 했다. 입이 귀에 걸렸다. 졸지에 한복 한 벌이 생기지 않았는가.

로또 당첨 일등한 사람은 그 밤을 어떻게 보냈을까. 나는 그 밤, 잠이 오지 않았다. 내가 가진 한복을 있는 대로 다 꺼내놓고 새 한복을 어떤 걸로 해야 할지 궁리에 잠겼다. 생각보다 한복이 많았다. 구색도 어지간히 갖추어져 있었다. 양털 두른 배자褙子에, 두루마기까지 있었다.

번개처럼 '당의唐衣'가 머릿속에 떠올랐다. 시대가 바뀌었다고 하지만 당의를 입는 것은 조심스러웠다. 예전 같으면 궁중에서나 사대부 여인들이 입던 옷이 아니던가. 왕비도 아니고 정경부인도 아닌 여염집 아낙이 감히 입어도 될는지? 딸한테 물었더니 숨넘어가게 웃는다.

"시대가 어느 땐데 엄마는. 경찰이 안 잡아가요. 이참에 우아한 당의 하나 장만하세요!"

한복집에서 전화가 왔다. 문제의 '어린이 한복'을 찬조한 회장이었다. 오붓하게 둘이서 점심이나 같이하자고 했다. 나는 기꺼이 달려갔다. 비싼 점심을 사고 싶었다.

의자에 앉기도 전에 회장이 나의 손을 이끌었다.

"생각해 보니까. 우리 선생님한테는 당의가 어울릴 것 같아요. 이 천 어때요? 새로 들여왔는데~"

벌어진 입을 다물 수가 없었다. 내가 미처 당의라는 말을 꺼내기도 전이었다. 만나자마자 그녀의 입에서 어떻게 당의부터 나오는가. 점쟁이인가, 심령술을 쓰는가.

테이블 위에는 붉은색 양단에 자잘한 금박무늬가 박힌 옷감이 놓여있었다. 실크로드를 거쳐 사막을 넘어 이제 막 도착한 특산품 같았다. 나는 넋 잃은 허수아비처럼 웃옷을 벗고 치수를 쟀다.

회장은 구태여 점심값도 자기가 냈다. 내가 내려니까 어림도 없었다. 오늘 미팅은 자기가 호스트라는 것이었다. 나는 진지하게 가족 단톡방에서 자랑한 이야기를 끄집어냈다. 딸이 추가분을 축하금으로 내기로 했다는 말도 전했다. 회장이 미소지었다.

"추가분은 제가 축하금으로 낼게요."

집으로 오는 길에 곰곰 생각해 보았다. 나에게 무슨 일이 일어났는가.

나는 잠시 이 땅의 질서를 의심했다. 팬데믹으로 인해 지구상에 미세한 변동이 일어난 걸까. 아니면 혹 지구 변방을 어슬렁거리던 게으른 신이 낮잠 자다 앗차 실수를 저지른 것일까?

머릿속에 당의가 꿈결처럼 펄럭였다. 그걸 입고 딱히 어디 갈 데도 없지만 일순 두 발이 땅에 붙지 않았다. 기분 좋은 날이다.

만남

유행가 가사에는 촌철살인의 반짝임이 있다. 이를테면 〈만남〉이라는 노래는 '우리 만남은 우연이 아니야. 그것은 우리의 바램이었어'로 시작한다. 나는 이 소절이 참 좋다. 당신과 나의 만남은 우연인 듯 보이지만 우연이 아니고 두 사람의 오랜 바람이 이슬방울처럼 모여서 이루어진 거라는 뜻이 아닌가.

오늘 나는 색다른 만남을 경험했다. 병원에서다. 월요일의 종합병원은 개장 직후의 어시장에 버금간다. 주말을 건너뛴 환자들이 대기실에서 앉지도 못하고 서성이며 차례를 기다리고 있다. 여기는 안과 기본검사실. 눈이 불편한 환자들이 의사를 만나기 전 시력과 안압을 체크하고 망막 검사를 위해 동공을 열어두는 곳이다.

안압 체크를 하고 몸을 돌리는 순간 헉! 나는 그들을 만났다. 교도관들이다. 검은 점퍼에 '교정' 이라는 명패를 붙인 그들은 네댓 명이 한 조를 이루고 있다. 건장한 남자들이 같은 색의 점퍼를 입고 내 뒤에 서있으니 분위기가 험악하다.

처음에는 그들이 무엇 하는 사람인지도 몰랐다. 여태껏 한 번도 그런 명패를 가슴에 단 사람을 만난 적이 없었기 때문이다. '교정' 이라면 '바로잡는다' 는 뜻일 터인데 무엇을 바로잡는다는 말인가? 등판에는 명패를 해설하듯이 영어로 'CORRECTION' 이라고 씌어있다. 이 또한 목적어가 없어 본문에 버금가게 어려운 해설이다. 자세히 보니 비로소 그들에게 둘러싸여 있는 한 남자가 눈에 들어온다. 휠체어를 탄 수형자이다. 모자를 쓰고 죄수복인지 환자복인지를 입었다. 수갑을 찬 듯 양손을 두터운 수건으로 덮고 있다.

검사를 마치고 진료순서를 기다리는 동안에도 그들과 나는 앞, 뒤로 서있게 되었다. 같은 의사한테 배정이 되었기 때문이다. 예사롭지 않은 인연임에 틀림없었다. 같은 시간에, 동일한 목적으로 한 공간에 우리는 있었다.

용기 있는 한 남자가 궁금증을 참지 못하고 교도관에게 말을 걸었다. 상주 교도소에서 온 수형자라는 답변이 돌아왔다. 상주에는 안과가 없느냐고 다시 묻자 안과는 있으나 종합병원이 없다고 했다.

“그 말은~!”

수형자의 상태가 위중하다는 뜻으로 들렸다. 나까지 덩달아 반응한다. 교도관은 뜬금없이,

“요즘 교도소 살기 좋아요.” 한다.

수형자들 대우가 좋아져서 종합병원씩이나 데리고 다닌다는 뜻이겠지만 듣기에 불편하다. 교도소라면 죄를 지은 사람이 벌을 받는 곳일 터인데 아무려면 살기가 좋기까지 할까.

교도관과는 달리 수형자는 말이 없다. 얼굴을 가릴 정도의 큰 마스크를 쓴 데다 수갑을 차고, 휠체어 벨트로 몸을 묶고 있으니 조용할 수밖에 없을 것이다. 눈만 겨우 내어 놓아 남자인 것만 알아볼 정도이다. 그는 무슨 죄를 지은 것일까. 가족과 부모는 어떤 사람일까.

질문자가 또 다시 낮은 목소리로 묻는다.

“강도?”

뉴스에 나오는 걸 보았다는 설명이다. 교도관이 즉답을 피하고 애매하게 웃는다.

그 말을 듣는 순간 나의 생각은 엉뚱하게도 학창시절로 날아간다. 외국 단편소설의 한 장면이다. 악명 높은 은행 강도가 크리스마스를 맞아 고향으로 숨어 들어간다. 그 뒤를 형사가 뒤쫓고 있다. 마을에 도착한 강도에게 난처한 일이

생겼다. 이웃집 아이가 집 안에 갇힌 상태에 현관문이 안에서 잠긴 것이다. 아이는 안에서 울고 엄마는 밖에서 어찌할 바를 몰라 동동거린다. 해결은 오직 고향으로 숨어든 강도만이 할 수 있다. 그는 지구상의 그 어떤 문이라도 열 수 있는 전문가이기 때문이다.

그러나 강도가 문을 해결하는 순간 자신의 신분이 들통날 뿐 아니라 뒤쫓고 있던 형사가 현장에서 바로 잡아갈 상황이다. 강도는 망설인다. 이윽고 그의 탁월한 솜씨로 문이 열리자 아이는 엄마의 품에 안기고, 뒤쫓던 형사는 체포를 포기하고 등을 돌린다는 이야기다. 지금 저 사람은 어쩌다 강도가 되었을까. 수갑을 차고 앉아 일반인들을 바라보면서 무슨 생각을 할까.

한때는 내게도 세상이 좋음과 나쁨으로 칼로 자르듯이 구분되었던 시기가 있었다. 밝음과 어둠, 선과 악, 아름다움과 추함이 명쾌하게 나누어졌던 시절이다. 시간이 흐르면서 밝음 속에 어둠이 숨어있고, 선과 악이 겹쳐지기도 하며, 아름다움이 추함을 품고 있음을 알게 되었을 때 삶의 또 다른 결이 보였다. 바로 지금과 같은 경우이다.

지금 내가 이름도 모르는 저 수형자에게 일말의 연민을 품는다면 그것은 인지상정일 것이다. 반면에 그것은 어쩌면 무책임과 허영의 산물일는지도 모른다. 모든 범죄에는 피해자가 있기 마련이고 사회 질서와 공공의 안녕을 위해서라도 가해자는 마땅히 벌을 받아야 하기 때문이다.

그러나 또 한편 오늘의 이 우연치 않은 만남으로 어떤 형태로든 그가 내 안에 스며들어 왔음까지 부인할 수는 없을 것이다. 교도관이 뜬금없이 '요즘 교도소 살기 좋아요'라고 말하는 것도 그가 이미 수형자를 '우리' 안으로 끌어들이고 있기 때문이 아닐까. 수형자 주제에 같잖다는 작은 의미 외에 종합병원까지 데리고 올 수 있어서 다행이라는 숨은 뜻도 포함되어 있지 않을까.

진료순서가 되어 빈 커피 잔을 들고 일어서다가 수형자와 눈이 마주쳤다. 나는 그의 눈이 빛의 속도로 내 손 안의 종이컵을 훑었음을 느꼈다. 인간이 이렇게 허술하고 이기적이다. 한 모금 줄 수도 없는 상황이라면 보이지도 말았어야 옳았을 것이다. 나는 그가 나의 커피를 눈여겨보고 있을 줄 꿈에도 생각 못 했다. 왜 그랬을까. 한 발짝만 더 들어가 보면 알 수 있는 것 아닌가. 그는 수형자이지만 인간이었던 것이다. 커피 맛을 잘 아는 인간이었던 것이다.

교도관들은 달랐다. 기다리는 동안 그들은 담배도 커피도 입에 대지 않았다. 물조차 마시는 걸 보지 못했다. 수형자를 배려함이리라. 그들은 이미 수형자와 운명처럼 공존의 관계를 유지하는 사람들로 보였다. 우연인 듯 우연이 아닌, 공생 공멸의 인연으로 묶어진 것 같았다.

나는 나를 구기듯 종이컵을 구겨 쓰레기통에 버렸다. 진료실에서 내 이름을 부르는 소리가 들렸다.

탐매探梅

우수 경칩이 지나니 봄이 살그머니 혓바닥을 내민다. 백신으로 뒤숭숭한 신문 한 귀퉁이에 기적처럼 매화가 등장했다. 슬금슬금 탐매探梅병이 도지기 시작한다. 나는 이른 봄 매화를 찾아 여기저기 기웃거리는 일을 두고 '탐매' 이상의 아름다운 말을 알지 못한다. 배낭을 메고 집을 나선다.

올해는 산청 3매를 하루에 돌아보기로 했다. 산청 3매는 고려 말 원정공이 심었다는 남사마을의 원정매와 남명 조식 선생이 산천재에 심어 즐겼다는 남명매, 그리고 정당문학의 뿌리를 보여주는 단속사 터의 정당매가 그것이다.

산청이 처음은 물론 아니다. 그러나 유적 답사 중 산청에 들렀을 때는 관심사항이 분산되어 매화에 몰입이 되지 않았다. 생각 없이 남사마을의 돌담길을 걷다가, 단석사 터의 이

곳저곳을 기웃거리다가, 남명의 이기설을 겉핥기 했을 뿐 매화는 눈으로만 스쳤을 따름이었다. 오늘은 온전히 매화에 집중하고 싶었다.

매화는 보통 세 번은 보아야 제대로 즐기는 것이라 한다. 망울질 때, 개화 때, 낙화 때이다.

또한 매화는 활짝 핀 것보다 꽃봉오리를 귀히 여기고, 꽃이 무성하지 않고 드문 것을, 살찐 것보다 야윈 것을, 어린 나무보다 늙은 나무를 소중히 한다고 말한다. 600년을 넘긴 산청 3매가 엄동설한을 이겨내고 꽃망울을 터뜨리고 있으리라 생각하니 가슴이 설레었다. 아직 춘삼월 전이니 망울질 때이고, 3매 모두 고목에다 후계목이 뿌리에서 자라고 있다 하니 이 무슨 행운일까.

행운과 설렘은 그러나 곧 사치임이 드러났다. 3매는 오히려 아픔과 경외감으로 다가왔다. 원목은 모두 고사하여 시멘트를 바르거나 나무를 덧대어 묶어놓았고 후계목이 뿌리에서 자라고 있었다. 죽기 전 밑둥치에서 나온 가지가 살아남아 저 혼자 꽃망울을 맺고 있기도 했다.

그뿐인가. 원목 바로 옆에는 씨앗이 떨어져 뿌리를 내린 또 다른 어린 가지가 물기를 뿜어 올리고 있었다. 이를 두고 어떻게 한가로이 감상이나 하며 즐길 생각만 했던 것일까. 나는 오히려 이 모든 생명의 순환에 소름이 끼쳤다. 저 가늘고 여린 매화 가지가 죽은 어미 몸에서 뻗어 나와 꽃망울을 맺으려면 원목의 뿌리는 또 얼마나 깊고 질겨야 할까.

매화를 심었다는 선비들에 이르자 마음은 더욱 무거워졌다. 매화는 주로 벼슬에 나가지 않거나 벼슬에서 물러난 선비들이 마당이나 뒷산, 텃밭 가에 심어놓고 즐겼다고 전해진다. 그들은 왜 하필 매화를 심었을까. 세상이 그들을 버린 것일까. 그들이 세상을 외면한 것일까. '평생을 추위에 떨지언정 향기를 팔지 않는다'는 '매한불매향梅寒不賣香'이 선비의 기상에 얼마나 위안이 되었을까.

속 좁은 나의 기우를 예상이라도 한듯 남명 선생은 산천재에서 이렇게 시를 읊었다.

春山底處無芳草
봄 산 어디엔들 아름다운 꽃 없겠는가
只愛天王近帝居
내가 여기에 집을 지은 것은 단지 천왕봉이
하늘에 가까운 걸 사랑해서라네
白手歸來何物食
빈손으로 돌아왔으니 무엇을 먹고 살 것인가?
銀河十里喫有餘
은하수 십 리 맑은 물 먹고도 남겠네

남명 선생은 평생 벼슬에 나가지 않았지만 호남학파의 수장으로 추앙을 받았다. 사후에는 사간원司諫院과 대사간大司諫에 이어 영의정에 추서되었다. 세상은 그를 버리지 않았고, 그 역시 세상을 외면하지 않았다.

내 마음이 누그러진 것은 정담매를 찾았을 때다. 산청 3매의 하나로 꼽히는 정당매는 탑동에 있는 단속사 절터에 있었다. 절은 이미 불타고 지금은 천년 고찰의 흔적만 남은 절터에 매화 한 그루가 홀연히 서있었다. 수령이 650여 년이나 된다 하였다. 원목은 고사하여 통나무를 엮어 받쳐놓았는데 몸통에서 뻗어나간 후계목들이 애써 꽃망울을 맺고 있었다.

놀라운 것은 그 옆에 세워둔 비석이었다. 절은 사라졌어도 한 쌍의 삼층석탑과 함께 폐사지를 지키는 매화를 의인화하여 후대인들이 열녀비를 세워준 것이었다. 매화를 위한 비석이라니! 얼마나 멋진 일인가. 매화를 보며 스스로를 갈고 닦은 선비의 기상 못지않게 조상들의 높은 정신세계를 귀히 여긴 후손들이 아닌가.

풀밭에 앉아 잠시 생각에 잠겼다. 바람은 아직 차지만 독기는 없었다. 새순이 돋기 시작한 마른 나무 가지 위로 새들이 포르르 포르르 날아다녔다.

선비 탓일까. 매화 탓일까. 내 마음이 좋았다. 원목에서 뻗어나간 어린 매화 가지들이 다시 든든한 어미목이 될 것을

생각하니 가슴이 벅찼다. 눈을 드니 3매를 지킨 지리산 천왕
봉도 고개를 끄덕이는 것 같았다.

홍매화

운이 좋았다. 코로나로 인해 봄 같지도 않은 봄을 맞고 있는 내게 지리산 화엄사의 홍매화를 볼 기회가 온 것이다. 화엄사는 원래 3색 매화가 유명하다. 일주문 옆 분홍매와 만월당 앞 백매, 그리고 각황전 옆 홍매이다. 날씨마저 좋았다. 구름 한 점 없는 춘삼월에 만개한 3색 매화향이 사찰을 휘감았다. 오늘은 홍매가 내 마음을 두드렸다. 느린 걸음으로 일주문을 지나 만월당을 거쳐 각황전에 이르렀다.

각황전은 현존하는 목조건물로는 국내 최대 규모로 웅장한 외양을 자랑하지만 그보다는 건물 전체가 단청을 피하고 자연 그대로의 나뭇결을 유지하여 시선이 머문다. 사찰은 대저 검소하여 마음이 가는 경우가 많다. 화엄사가 그렇다. 특히 각황전이 그러하다.

고개를 들어 잠시 편액을 우러른다. 각황전覺皇殿. ‘깨닫는 황제’ 라는 뜻일 터이다. 임진왜란으로 화엄사 대부분의 전각이 불탔을 때 보수과정에서 왕실이 후원하면서 하사된 편액이다. 숙종이 직접 썼다고 한다.

기척을 느껴 왼쪽으로 고개를 돌리면 홍매화가 보인다. 400년을 넘긴 매화이다. 매무새가 수수하다. 모진 풍파에 온몸이 틀어지고 상처투성이인 중에도 하늘을 향해 반듯하게 서있다. 꽃도 한창이다. 너무 붉어 검은빛이 도는 채로 혼신의 힘을 다해 꽃을 피워 올리고 있는 중이다. 하필이면 왜 홍매화일까. 홍매화는 꽃과 열매가 다른 재래종 매화보다 작지만 향기가 강한 것이 특징으로 알려져 있다.

불현듯 영조의 어머니 숙빈 최씨가 떠오른 것은 편액 탓일까, 매화 탓일까. 영조의 아버지 숙종은 재위 기간 내내 왕비를 통하여 신하들을 다스려 온 것으로 알려져 있다. 서인의 후원으로 국모가 된 인현왕후와 남인의 지지를 받아 중전의 지위까지 오른 장희빈을 저울질하면서 당파 간 갈등에 균형을 잡았다고 한다.

이 틈에 낀 숙빈 최씨는 권력 배경이 없는 여인이었다. 어린 나이에 궁에 들어와 무수리로 험한 일을 도맡아 하다가 숙종의 눈에 띄면서 영조가 태어났다.

숙종 사후 살얼음판 같은 경종 시대를 극복하고 자신의 아들 영조가 보위에 오르기까지 최씨의 삶이 어떠했을까.

보위에 오르고도 재위 기간 내내 정적들로부터 어미가 궁궐에서 물이나 길어 나르는 천한 무수리 출신이었다는 지적에 시달리는 아들은 어찌 견디어 냈을까.

나는 최씨가 숙종에게는 어머니 같은 위안의 존재가 아니었을까 짐작한다. 최씨의 성품 때문이다. 최씨가 어떤 성품을 지녔는지는 숙종과의 만남에서 밝혀진다.

민비를 폐출하고 장희빈을 중전으로 책봉한 어느 날 밤 숙종은 궁궐 안을 거닐다가 불빛이 새어나오는 궁녀의 방을 지나게 되었다. 그 안에서는 한 나인이 성찬을 차려놓고 상 아래에서 손을 모은 채 무릎을 꿇고 있었다. 이상히 여긴 임금이 문을 열고 안으로 들어가 까닭을 물었다. 깜짝 놀란 나인이 부복하고 대답했다.

"저는 중전마마의 시녀였는데 내일이 그분의 탄신일입니다. 그분께서 좋아하는 음식을 마련했지만 바칠 길이 없어 소녀의 방에 진설하고 정성이라도 전해드리고 싶었습니다."

그 말을 들은 숙종은 비로소 폐비 민씨의 생일이 내일이라는 것을 깨달았다. 그녀가 궁에서 쫓겨난 지 4년째 되던 해의 일이었다. 희빈 장씨에 대한 총애와 서인에 대한 반감이 어우러지면서 벌어진 일이었지만 돌이켜 보니 지나쳤다는 생각이 들던 참이었다. 숙종은 옛 주인을 잊지 않고 섬기는 나인의 정성이 가상했다. 최씨와의 인연이 시작된 날이었다.

최씨는 숙종에게 안정감을 주는 여인이었다. 아름답지만 가시가 잔뜩 박혀있는 중전 장씨와는 확연히 다른 인물이었다. 성정 자체가 부드럽고 온화한 사람이었다. 후일 영조가 된 연잉군에 대한 교육도 철저했다. 연잉군은 겨우 걸음마를 떼었을 때도 숙종에게 나아가면 반드시 무릎을 모아 앉았고, 물러가라는 명 없이는 하루해가 다 가더라도 자리를 지켰다. 이에 숙빈 최씨는 연잉군이 오래 꿇어앉느라 발이 굽을까 염려하여 넓은 버선을 만들어서 힘줄과 뼈를 펼 수 있게 해주었다고 한다. 최씨는 임금에게나 아들에게나 위안이었던 것이다.

두어 걸음 물러서서 편액과 매화를 연이어 바라본다. 각 황전을 건립할 때 숙종은 손수 편액을 하사했다고 한다. 건물 옆에 홍매화 한 그루가 심어진 뜻은 무엇이었을까. 재위 기간 내내 당파싸움에 휘말린 임금과 그를 찾는 백성을 위무하기 위한 숙빈의 사랑이 아니었을까.

임금 노릇이나 백성 노릇이나 고단하기는 매한가지였을 터이다. 숙종도 평탄한 삶을 산 임금은 아니었다. 당파싸움의 와중에서도 '깨닫는 황제'가 되기 위해 필사의 노력을 기울였건만 아들인 경종은 일찍 죽었고, 손자인 사도세자는 뒤주에 갇혔다.

숙빈 최씨인들 그 설움을 어찌 견뎠을까. 세월이 흘러 인걸은 간데없고 사찰만 덩그러니 남아있는데, 매화가 되어 임금과 길손을 어루만지는 듯하여 한참을 우러러 그곳에 머물렀다.

나도 꽃

설 지나자 몸이 근질거리기 시작한다. 발 달린 짐승이 언제까지 집 안에만 갇혀 지내야 한단 말인가. 눈만 뜨면 TV에서는 올림픽 중계하듯 봄의 상황을 전하는데, 오늘은 문득, 뉴스 끄트머리가 수상하다. 양산 통도사에 매화가 망울을 맺었다나 어쨌다나.

급조된 네 명이 달려간 통도사는 이제 겨우 겨울잠에서 깨어나려 하고 있었다. 주중이라 방문객마저 뜸한 한적한 경내에는 아름드리 큰 나무들끼리 두런두런 한담을 나누고 있었다.

절을 낀 영축산이 깊기는 한 모양이었다. 겨울 가뭄으로 아직 땅이 메말랐는데도 양지쪽 개울에는 눈 녹은 물이 산을 타고 흘러내리고 있었다. 나뭇가지 사이로는 새 한 마리가 포르르 날아올랐다. 아직 싸한 겨울 날씨 중에도 어딘가에서는 흙이 들썩거리고, 개구리가 기지개를 켜고 있을 터였다.

우리는 천천히 경내를 어슬렁거렸다. 사찰이 좋은 것 중 하나는 뒷짐 지고 한갓지게 어슬렁거릴 수 있음일 것이다. 도심에서 벗어나 내 집처럼 여기저기 기웃거려도 아무도 의심하지 않는다. 게으름을 피워도 늑장을 부려도 누구도 뭐라 하지 않는다.

스님을 만나 잠시 합장을 한다. 다섯 손가락과 손바닥을 가지런히 붙여야 하는데 거두어들이는 나의 손바닥이 삘쭘하게 벌어져 있다. 생각이 산만하고 마음이 흩어져 있음이리라. 스님의 합장은 가지런하다. 허리마저도 반듯하다. 든든하고 위안이 된다.

일행 중에는 신발을 벗고 법당 안으로 들어가는 사람도 있다. 부처님께 절을 올리기 위함이다. 더러는 망설인다. 종교가 다르기 때문일 수도 있지만 나처럼 부츠 벗기가 번거로운 게으름뱅이도 있다.

탑을 돌면서 일행이 나올 때까지 기다리는 것도 나쁘지 않다. 무엇을 빌었을까, 불전을 얼마 넣었을까 가늠해 보기도 한다. 부처님은 모른 척 빙그레 웃으신다.

매화 앞에 다다랐다. 대가람 경내의 350여 년이 넘은 홍매화는 1650년경 사찰을 창건한 자장율사의 큰 뜻을 기리기 위해 심은 나무로 알려져 있다. 율사의 호를 따서 '자장매'라고 부른다. 예상했던 대로 이른 봄이라 아직 망울만 맺혀 있다. 예년에 비해 올겨울이 모질었던 탓일까. 성급한 사진 작가들이 보채듯 카메라를 들이밀어도 매화는 꿈적 않는다. 시간은 매화 편이다.

아쉬운 대로 사진 몇 장 찍고 돌아서려는데, 외진 곳 소나무 밑에서 손짓 같은 것이 느껴진다. 약속이나 한 듯 우리는 그쪽으로 걸음을 옮긴다. 세상에나! 소나무 밑 낙엽을 이불 삼아 꽃 한 송이가 앙증맞게 피어있는 것이 아닌가! '나도 꽃!' 이라고 손을 드는 모양새다. 너무 작아 만질 수도 없을 지경이다. 눈만 가져가 들여다볼 뿐이다.

"꽃 이름이라도 찾아보자."

사진을 찍어 인터넷을 뒤지기 시작한다. 시험을 치는 것도 아니고 퀴즈를 푸는 것도 아니건만 우리는 한참을 그 일에 몰입한다.

"이름이 없네. 우리나라 꽃이 아닌가 봐."

그렇다면 저 작은 꽃은 어떤 경로로 여기까지 왔을까. 바람에 묻어왔을까. 비를 타고 왔을까. 무엇을 찾아왔을까.

우리는 잠시 숨을 고르고 개울 옆 벤치에 앉았다. 꽃의 시간과 물의 시간이 흐르고 있다. 가지고 온 보온병을 열어 커피를 한 잔씩 나누어 마신다.

　몸을 일으켜 다시 꽃에 다가간다. 오늘 우리의 마음을 건드린 꽃이다. 그것은 오직 저 혼자 스스로 가만히 피어있다. 겨울을 관통하고 봄을 맞으며 피어있다.

비단저고리

첫 아이가 돌을 지날 무렵이었다. 나는 당시 어찌 된 셈인지 쏟아지는 잠을 이길 수가 없었다. 밥하다가도 졸고, 청소하다가도 졸고, 심지어는 아이 기저귀를 갈다가도 졸았다. 어느 날 다락에 올라가 무엇을 찾다가 졸았는데, 졸다가 아예 잠이 들어 버린 적이 있었다. 사람이 갑자기 없어져서 집 안이 발칵 뒤집혔는데 그것도 모르고 나는 깊은 잠에 빠져버렸다.

한참을 달게 자고 일어났더니 바로 옆에 무언가가 눈에 띄었다. 무명 보자기에 싼 물건이었다. 궁금해서 풀어보았더니 네댓 살 난 아이의 저고리였다. 남편이 어렸을 때 입었던 저고리를 시어머님께서 간직하고 계셨던 것이었다. 청홍이

겹을 이룬 비단저고리에 녹이 슨 작은 은 단추가 달려있었다. 설빔이었거나 집안 대소사 때 입힌 예복이었을 것이었다. 그렇더라도 한참 뛰어놀 네댓 살 된 사내아이에게 은 단추까지 달린 비단저고리라니!

나는 당시 시집살이가 힘에 부쳐 어머님에게 서운한 점도 많았는데 일순간에 그 모든 것이 사라지는 느낌을 받았다. 묘한 감동까지 일었다. 비단저고리에 어머님의 아스라한 꿈이 녹아있는 것도 같았다. 6.25 전 아버님과 행복했던 시절의 물건일 거라고 생각하니 마음이 짠하기도 했다. 나는 저고리를 들고 환한 얼굴로 다락을 내려왔다.

비단저고리는 자연스럽게 내 손으로 넘어왔다. 한 땀 한 땀 손으로 만든 그것을 볼 때마다 어머님을 지탱했을 신혼의 꿈, 아들에 대한 기대를 보는 것 같았다. 전쟁을 겪고 가난을 견딘 고달픈 삶이었다. 언제라도 책 한 권은 너끈히 쓸만한 억척같은 삶이었다.

나는 그것을 오동나무 버선함에 고이 간직했다. 살림을 나서는 느티나무 뿌리의 속을 파낸 둥근 탁자에 얌전히 펼쳐 통유리로 덮었다. 거실에 놓았더니 많은 사람들이 관심을 보였다. 전쟁 통에 아버님과 헤어진 이야기까지 곁들여 설명을 하다 보면 가슴 한편이 아려왔다. 한 남자를 두고 어린 시절 손으로 직접 비단저고리를 만들어 입힌 어머님의 삶과 결혼

후 쏟아지는 잠 속에서 그것을 찾아낸 나의 삶 사이에 보이지 않는 가교가 놓여있는 것 같았다. 가깝게 지내는 의상학과 교수가 '고의상전시회'에 쓰겠다며 잠시 빌려달라 했을 때도 완강히 거절했다. 비단이라 전시과정에 훼손될 우려가 있었기 때문이었다.

세월이 흘러 어머님 돌아가시고 주인공인 남편마저 세상을 뜬 지금, 나는 종종 비단저고리를 보며 두 분을 추억한다. 물건이라는 것이 정직하기 그지없어서 슬플 때나 기쁠 때나 그것은 내가 놓아둔 그 자리에 조용히 놓여있다. 저 스스로 생명력을 가지고 그 자리에 놓여있다.

새

시답잖은 사고로 어깨를 다쳤다. 나이 든 의사는 자초지
종을 듣더니 웃음을 참는 빛이 역력하다. 가만히 있는 가로
수에 스스로 몸을 부딪쳐 나뒹구는 여자가 연상된 모양이
다.

"엑스레이 좀 찍어보고~."

사진을 찬찬히 들여다보더니,

"우선 약물치료부터~."

어깨는 쉬 낫지 않았다. 오른쪽이라 움직임에 더 불편했
다. 통증이 팔까지 내려와서 온 신경을 건드렸다. 세수할 때
도 팔이 뒤 목까지 닿지 않아 짜증이 났고, 잠잘 때도 팔이
눌려 자주 깨었다. 나는 의사한테 불평을 늘어놓았다. 의사

는 묵묵히 듣더니 약물치료와 어깨 운동을 지속해 보자고 말했다.

다친 지 한 달째 되는 날이다. 의사가 MRI를 찍어보자고 했다. 새로운 증상이 나타난 것도 아닌데 MRI는 왜? 위축되고 긴장되었다. 아침 일찍 일어나서 양치하고 머리도 감았다. 나의 운명이 온통 MRI라는 기계에 맡겨지는 것처럼 어젯밤에는 잠도 설쳤다.

조간신문을 펼치니 미국 콜린 파월 전 국무장관이 별세했다는 기사가 떠있다. 오바마 대통령과 함께 개인적으로 호감을 갖고 있던 인물이다. 우울하다. 본 적도 없는 먼 나라 사람 때문에 내 마음이 불편한 것은 나의 상황과 무관치 않을 터이다. 신문을 접는데 휴대폰에 문자가 들어온다. 복지관에서 함께 공부하던 회원의 사망 소식이다. 운동광으로, 70이 넘은 연세에도 자전거를 타고 땀을 뻘뻘 흘리며 복지관에 오곤 했다. 밥 잘 사고 유쾌한 신사였는데, 교통사고로 입원하더니 돌아오지 못했다.

이른 시간이지만 병원으로 출발했다. 어차피 집에 있어도 다른 일이 손에 잡힐 것 같지 않았다. 입학시험을 앞둔 수험생처럼 신경이 온통 MRI에 집중되었다. 두 사람의 사망 소식까지 겹치는 바람에 마음이 영 편치 않았다. 예상대로 병원문은 닫혀있었다. 나는 선 채로 조금 기다리기로 했다. 초겨울 바람이 쌀쌀했다.

병원 앞에 자그마한 화단이 보였다. 한 번도 눈여겨보지 않았던 화단이었다. 남천죽을 위시하여 자잘한 꽃나무들이 심어져 있었다. 그 아래, 햇빛에 마르기 시작한 젖은 흙 위에, 어떤 움직임이 눈에 들어왔다. 새다! 작은 새 한 마리가 저 혼자 날개를 파닥이며 뒤채고 있었다. 자세히 보니 다리 하나가 기역 자로 부러져 있었다. 한 뼘도 채 안 되는 작은 새가, 부러진 다리로 날아오르려 애쓰고 있는 것이었다. 새는 같은 동작을 되풀이하고 또 되풀이했다. 눈물겹도록 치열하게 되풀이했다. 몹시 힘이 들어 보였다. 미세하나마 핏자국도 보이는 것 같았다. 어디서, 무얼 하다 다친 것일까.

이제 나는 아예 새 앞에 쪼그리고 앉았다. 어찌할 바를 몰랐다. 나는 새에 무지했다. 약을 발라주어야 하나. 밴드를 붙여주어야 하나. 손을 가만히 내밀어 보았다. 새가 내 손 안에 오롯이 들어오기를 기대했다. 나는 나의 진정이 새에게 온전히 전해지기를 바랐다. 힘겨운 동작을 멈추고 잠시나마 내 손 안에서 편히 쉬길 바랐다. 새는 눈치채지 못한 것 같았다. 나의 존재도 안중에 없는 것 같았다. 같은 동작만 줄기차게 되풀이했다. 다친 다리를 올렸다 내렸다가 여린 날개를 접었다 펴기를 계속했다.

"일찍 오셨네요. 들어가세요."

간호사가 기척을 하며 병원 문을 열었다.

"아, 네에."

내가 마악 몸을 일으켰을 때였다. 기적처럼 새도 잠시 꼿 꼿이 서는가 했다.

"아~!"

새가 날아올랐다. 제힘으로, 날쌔게, 뒤도 안 돌아보고 새 는 날아갔다. 나는 마치 꿈을 꾸는 것 같았다. 할 말을 잃고, 우두커니, 보이지 않는 새를 눈으로 좇았다. 새는 이미 눈앞 에서 사라졌다. 코발트빛 가을 하늘에는 뭉게구름 몇 점만 떠있을 뿐이었다.

MRI 결과지를 들여다보던 의사는 기분이 좋아 보였다.

"수술할 필요는 없는 것 같습니다. 조금만 더 지켜봅시다. 어깨 운동 열심히 하시고."

시범이라도 보이듯 어깨를 이리저리 움직여 보이더니,

"오늘은 어째 조용하시네. 견딜만한가 보지요?"

그냥 웃고 돌아서는 내게 다시 한마디 붙인다.

"결국은 본인 하기에 달려있다니까요. 어깨 운동!"

병원을 나와 하늘을 올려다보았다. 새의 흔적은 어디에도 없었다. 아니다, 새는 이미 내 가슴속에 들어와 있었다. 부러진 다리로 눈물겹도록 치열하게 날아오르려 애쓰던 새. 기적처럼 저 혼자, 저 스스로 힘차게 날아오르던 새.

오늘 아침 내 마음을 건드린 것은 의사도, MRI도 아니었다. 작은 새였다. 나는 지금도 세상 어딘가를 자랑스럽게 날고 있을 이름 모를 새를 생각하며 걸음을 옮겼다.

아모르 파티

무식도 하다. 트로트 가수 김연자가 〈아모르 파티〉를 들고 나왔을 때 나는 '파티' 가 영어의 'party' 인 줄 알았다. 멜로디 또한 경쾌하고 빨라서 '사랑의 파티' 정도로 이해한 것이다. 착각이었다. 파티는 라틴어의 'fati(운명)' 였다. '운명을 사랑하라' 니체의 운명애運命愛를 빌려온 노래였다.

나는 운명을 믿는 쪽이다. 운명이라는 말이 너무 거창하다면 '순리' 라고 해도 좋겠다. 우리 삶에는 보이는 것과 보이지 않는 것이 있어서 그 보이지 않는 어떤 힘으로부터 보이는 것의 순리가 조율되는 게 아닌가 생각하고 있다. 종교인들은 그것을 자신들의 신이라고 믿을 것이고, 나 같은 사람은 그저 두루뭉술하게 '보이지 않는 어떤 힘' 이라고 지칭

하는 것이다.

그러면 그 힘은 왜 '보이지 않는 어떤 힘'이라고 하는가. 대답은 간단하다. 본 사람이 없기 때문이다. 예측할 수 없기 때문이다. 측량할 수 없기 때문이다. 손에 쥐어지지 않기 때문이다. 피할 수 없기 때문이다. 이길 수 없기 때문이다.

대학 졸업반이었을 때, 나에게는 여러 개의 카드가 있었다. 취업이 확실한 자격증도 있었고, 추천서를 써주시겠다는 교수님도 몇 분 계셨다. 그런데도 나는 결혼을 선택했다. 그것도 맏며느리로. 시할머니까지 계시는 맏이었다.

왜 그랬을까. 굳이 설명하자면 일단은 의지박약이 주원인이었을 것이다. 어리기도 했고, 나약하여 내 인생의 주체가 될만한 의지가 부족했다는 이야기다.

다음은 운명이나 인연 같은 보이지 않는 어떤 힘이 작용하지 않았을까. 결혼을 두고 나는 아무것도 고민하지 않았다. 지극히 자연스러운, 인생의 정해진 수순 정도로 받아들였다. 사려 깊은 신랑 쪽에서 오히려 '재주 있는 사람을 데려와 된장이나 끓이게 하는 게 옳은 일일까' 하고 갈등했을 때 나의 대답은 간단했다.

"괜찮아요~."

혹, 어디가 잘못된 여자가 아닌가 의심할까 봐 보충 설명을 하자면 1970년대는 지금처럼 '연애는 필수, 결혼은 선택'

의 문화가 아니었다. 나보다 훨씬 똑똑하고 직장까지 확실한 친구도 안동의 맏종부宗婦에게 시집을 갔다. 사귀는 남자가 종손이라 차마 말을 못 꺼내고 청혼을 망설이자 스스로 물었다고 한다.

"우리는 결혼 안 해요?"

내가 스물셋에 결혼한 일을 두고 이제 와서 잘잘못을 따지는 일은 무의미하다. 개인의 선택은 언제나 시대와 성향을 따르기 때문이다. 그러나 그 선택에는 '미망인'이라는 조항은 없었다. 그것은 분명 함정이었다. 계약 위반이었다. 놀라운 음모였다. 우리 둘 중 아무도 그 일을 예견했던 사람은 없었다. 속수무책이었다.

돌이켜 보면 내가 좀 맹한 여자였나 싶기는 하다. 결혼식을 앞둔 며칠 전, 어쩌면 신랑 입장할 때 다리를 조금 절지도 모르겠다는 그의 말에 웃음을 터뜨리면서,

"맹진사댁 경사처럼 말이지요?"

연극에서 맹진사댁 도련님이 신부를 시험하려고 혼인날 다리를 절었던 장면이 떠올랐던 것이었다. 간단한 수술이 잘못되어 재수술을 받아야 한다는 그의 설명이었다. 그 일이 설마 그를 젊은 나이에 이 세상에서 떼어놓는 시그널일 줄은 꿈에도 꿈에도 생각 못 했다. 어느 누가 보이지 않는 것을 예

측할 수 있단 말인가. 어느 누가 보이지 않는 힘을 거스를 수 있단 말인가.

세월이 훌쩍 지나 대차대조표를 맞추어 보니 처음부터 그 모든 것이 내 몫이 아니었던가 싶은 생각이 든다. 손해 본 것도 억울할 것도 없다. 등신일 것도, 똑똑할 것도 없는 일이었다. 만약 내가 그때 결혼을 안 하고 다른 길을 선택했다면 어땠을까. 그 길인들 안전하고 평탄하기만 했을까. 거기에는 또 다른 함정이 없었을까.

김연자가 부른 〈아모르 파티〉의 운명도 만만치 않았다고 한다. 2013년에 발매되자 혹평이 쏟아진 것이다. 호흡도 가쁘고, 곡도 어수선하여 어디까지가 1절인지도 모르겠다고 시청자들의 불만이 쏟아졌다. 행사 출연 제의까지 끊겨 곡 자체를 폐기 처분할 수밖에 없었다고 한다.

그로부터 4년 후, 2017년 KBS의 '열린 음악회'에서 〈아모르 파티〉 섭외가 들어왔을 때는 가사도 기억나지 않았다고 한다. 다른 최신곡으로 하면 안 되겠느냐고 했으나 방송국에서 굳이 〈아모르 파티〉를 고집한 것이 대박을 칠 줄이야!

자부심 강한 니체가 이 사태를 보았다면 뭐라고 할 것인가. 무릎을 치며 '바로 그것!'을 외치지 않았을까. 집필 중이던 「차라투스트라는 이렇게 말했다」를 잠시 덮고 김연자에게 꽃이라도 보냈을 지도 모른다. 차라도 한 잔 하자고 전화하지 않았을까.

아니다, 구태여 이 세상에 없는 니체까지 들먹일 필요는 없겠다. '괜찮아요~' 했던 어린 여자 이야기로 돌아오자.

시간이 흘러 나도 이제 손주까지 둔 할머니가 되었다. 지나온 삶을 되돌아보면 아쉬운 점은 있지만 후회는 없다. 다 잘할 수는 없는 일이다. 누구라도 나처럼 잘하기도 하고 못하기도 할 것이다. 최선을 다했으면 그것으로 족하다. 나머지 삶도 걱정하지 않는다. 가슴이 뛰는 데로 가면 될 일이다. 인생은 언제나 지금이니까.

돌

아들이 제주도에 새로 마련한 집터를 보여주었을 때 내 머릿속에 번개처럼 떠오르는 생각은 돌이었다. 수석水石이나 정원용 예쁜 돌이 아니었다. 대여섯 명이 둘러앉아 별도 보고 달도 보고 차도 마실 수 있는 반석盤石이었다. 나는 그런 넓적한 돌 하나를 아들의 새집 마당 한 귀퉁이에 놓아주고 싶었다. 가슴이 마구 뛰었다.

반석은 나의 머릿속을 잠시도 떠나지 않았다. 어딜 가나 그 지역의 돌을 기웃거렸다. 매화를 보러 가도, 억새를 보러 가도 마지막에는 결국 돌을 찾게 되었다. 일행들도 저절로,
"선생님. 저기 돌 있네요." 했다.
문화재로 지정된 선배네 친정에서는 어린 시절 소꿉 놀던

오래된 돌에 눈이 갔다. 느티나무와 더불어 6.25 전쟁을 견딘 그 돌은 크기가 어린아이 침대만 해서 어른 네댓 명이 삼겹살도 넉넉히 구워 먹을 만했다. 선배는 거기서 꽃잎을 찧으며 동네 아이들과 소꿉놀이를 했다고 했다.

제2석굴암이 있는 한밤마을은 어떻던가. 폐교가 된 초등학교는 소나무가 울창했다. 연못에 연꽃이 소담스럽게 피었는데, 못가에 널찍한 돌이 하나 있었다. 그 학교 출신인 일행 중 한 사람은 추억에 젖어,

"생태학습 시간에 담임 선생님이 이 돌 위에 앉아 연꽃 이야기를 해주셨지요. 연꽃은 흙탕물에 살아도 절대로 더러워지지 않는다고 하시면서 우리도 그렇게 살아야 한다고 말씀하셨답니다."

그 돌은 정말 믿음직하고 음전했다. 아이들이 흙발로 무수히 오르내렸을 텐데도 거짓말처럼 멀쩡했다. 마음이 넉넉한 이웃집 아저씨 같았다.

부여의 농가에서 본 돌은 소박하고 아늑했다. 낙화암 가는 길에 집이 하도 예뻐서 차를 잠깐 세웠는데, 마당의 장독들이 옹기종기 햇빛을 이고 반들거렸다. 그 앞에 놓인 커다란 돌 하나. 호마이카 밥상만 한 넓직한 돌 위에는 놀랍게도 빨간 고추가 널려있었다. 감동이었다. 돌 위에서 고추가 익어가다니!

나는 그 집 주부가 궁금해졌다. 무명옷을 입은 오십 대의 여인을 상상했지만 뜻밖에도 팔순을 넘긴 할머니가 나왔다. 미숫가루와 복숭아까지 얻어먹고는 고추가 널린 돌을 배경으로 함께 사진을 찍었다.

머리가 희끗희끗한, 아들이라는 남자가 나오길래 저런 돌은 얼마면 살 수 있느냐고 물었다. 문중 산을 정리하다 가져온 것이라 모른다는 대답이었다. 그때부터였다. 내 머릿속에 돌의 값이 들어온 것은. 이제 나는 돌값이 궁금해지기 시작했다. 나에게는 문화재 친정도 없고, 폐교된 초등학교도 없으며, 정리할 문중 산도 없기 때문이었다.

"모르긴 하지만 저런 돌은 꽤 비쌀걸요. 선생님, 포기하시지요. 돈도 없으면서."

같이 간 일행들이 일제히 나의 무모함을 지적하기 시작했다. 자기 같으면 집 짓는데 돌보다는 현금을 찬조하는 게 낫겠다는 사람도 있고, 집을 되팔 때는 돌은 제값을 못 받게 될 거라고도 했다. 별 보고 달 보고 차 마시기에는 가볍고 이쁘고 앙증맞은 나무 평상도 얼마나 많은데 무겁기만 하고 경제성도 없는 돌에 집착하느냐고 나무라기도 했다. 급소는 다른데 있었다. 설사 마음에 드는 돌을 구입한들 그것을 어떻게 제주도까지 운반하느냐는 것이었다. 비행기로? 배로? 공항에서는 어떻게 하고? 선착장에서는? 나는 그만 항복하고 말았

다. 아들네 돌은 결국 제주에서 해결하는 걸로 정리가 되었
다.

　한 달쯤 지났을까. 돌 해프닝 제2막이 올랐다. 나의 돌 짝
사랑은 끝나지 않았던 모양이었다. 주변의 만류로 수면 위로
만 올라오지 않았을 뿐 의식 밑바닥, 해저 깊은 곳에서는 은
밀하게 꿈틀거리고 있었음에 틀림없었다.
　새벽 운동 후 집으로 걸어오는데 대학병원을 낀 작은 호
텔 하나가 눈에 띄었다. 큰길가였다. 뭇 사람이 다니는 길 한
복판에 큼지막한 돌이 하나 놓여있었다. 예전에 못 보던 돌
이었다. 하늘에서 떨어졌는지 땅에서 솟았는지 난데없이 돌
하나가 턱 하니 놓여있는 것이었다. 던져져 있다고 해도 과
언이 아니었다. 인물이 좋았다.
　나는 마치 도둑질하다 들킨 사람처럼 가슴이 쿵쾅쿵쾅 뛰
었다. 그것은 분명 임자 없는 돌처럼 보였다. 누군가가 나처
럼 한때는 열렬히 욕망했다가 눈물을 머금고 포기했으리라
짐작되었다. 사람이나 물건이나 인연이란 것이 어디 뜻대로
되는 일이던가. 나는 떨리는 손으로 지난번 나를 비난했던
주범들 서너 명에게 전화를 했다. 한걸음에 달려온 그들의
반응은 뜻밖이었다.
　"선생님도 참! 이게 어떻게 버려진 돌입니까?"

“호텔 장식용 돌이구먼요.”

“돌에도 품격이라는 게 있나 봅니다. 호텔에 걸맞는 돌이군요.”

“잘생겼다! 이건 부여 돌보다 훨씬 비싸겠는데요. 최소 천만 원은 할 것 같습니다?”

일행은 서로의 얼굴을 쳐다보았다. 웃음을 억지로 참는 빛이 역력했다. 늦은 나이에 어줍잖게 돌에 꽂혀있는 내 모습이 아직 젊은 그들 눈에는 딱하기도 하고 우습기도 한 모양이었다. 그때였다. 우리 중 가장 무던하고 말이 없는 일행이 내 앞으로 성큼 다가섰다.

“그런데요, 선생님~.”

그는 팔을 뻗어 돌을 한 번 조용히 쓰다듬었다.

“제주도는 포기하셨고~ 그럼 이 큰 돌은 어디다 두시려구요? 아파트 거실요? 안방요?”

팝콘이 터지듯 웃음이 빵 터졌다. 중년의 남자들이 한꺼번에 어찌나 크게 웃었던지 길 가던 사람들이 모두 우리를 쳐다보았다.

나는 일행들에게 눈을 흘기며 바로 앞 호텔로 몰고 가 커피를 샀다. 누군가가 ‘내년쯤에는 제주도 새집 마당 돌덩어리에 앉아 커피 마시게 생겼다’ 고 너스레를 떨었다.

유채꽃 단상

산책 중에 유채밭을 보았다. 공원 옆, 마을 입구이다. 작년까지만 해도 서자처럼 버려진 땅에 배추, 무, 고추 같은 것이 심어져 있었다. 정성스럽게 가꾸는 것 같지는 않았다. 밭 주인은 거의 눈에 띄지 않았고, 작물은 제멋대로 자라거나 말라비틀어지거나 혹은 죽었다. 밭둑을 걷다 보면 콩이 깍지에서 흘러나와 굴러다니는 것이 보였다.

몇 년 전에는 밭 근처에 미술관이 들어선다고 떠들썩했던 적도 있었다. 집값, 땅값이 잠시 요동쳤으나 입찰 과정에서 부산에 밀려나는 바람에 입맛만 다신 꼴이 되고 말았다. 이도 저도 안 되니 어느 머리 좋은 공무원이 유채밭 아이디어를 떠올렸나 보았다. 들판을 노랗게 물들이는 유채꽃은 전시효과가 탁월했다. 말도 많고 탈도 많던 원주민의 삶을 한 방에 밀어내고 상춘객들을 유혹하고 있었다.

유채밭은 넓고 크다. 사람들은 왜 진즉에 이렇게 하지 않았느냐고 하며 반기는 분위기다. 그러나 나는 그 유채밭이 반갑지만은 않다. 내 땅도 아닌 남의 밭을 두고 왈가왈부할 수는 없는 노릇이나 대한민국은 민주 국가이니 낮은 목소리로 조용히 투덜거려 볼 수는 있을 것이다. 들어보시라.

유채는 본래 화초가 아니다. 채소이다. 자료에 의하면 중국 명나라 시대 식용으로 조선에 들여온 것이라 한다. 경상도 지방에서는 유채를 '시나낫빠' 라고 부른다. 이를 두고 시나낫빠를 경상도 사투리라고 하는 사람들이 있는데 나는 일본말이라고 주장하는 쪽에 손을 든다. 논리적 근거로 '시나'는 중국을 일컫는 일본어이고, '낫-빠' 는 잎을 먹는 채소를 뜻하기 때문이다. 아마도 시나낫빠는 '중국에서 온 잎을 먹는 채소' 라는 뜻이 아닌가 한다.

실제로 시나낫빠는 이른 봄 꽃이 피기 전에 뜯어서 겉절이를 많이 해 먹는다. 고깃집에서는 서비스 반찬으로 나오는 단골 메뉴이다. 잎은 달큰하고 줄기는 고소하다. 고춧가루와 깨소금, 마늘 양념에다 참기름 한 방울 떨어뜨려서 버무리는데, 묵은 김치가 질릴 때쯤이라 입안이 개운하다. 여인네들이 가족 모임이라도 주선한다면 시누이, 올케끼리 양푼에다 밥 쏟아붓고 쓱쓱 비벼 먹기도 한다.

그런데 이 시나낫빠가 언젠가부터 유채꽃으로 변신을 했다. 남새밭을 버리고 들로 뛰쳐나간 것이다. 지자체마다 밭을 갈아엎어 유채를 심는 바람에 봄이 오기 무섭게 곳곳에서 유채꽃이 설쳐댄다. 사람이 몰리고, 돈이 되기 때문이다. 콩밭 메던 순이가 호미를 던지고 도회지로 나간 격이다. 여인네들도 양푼을 버리고 유채밭으로 달려간다. 커피도 있고, 솜사탕도 있고, 사진도 찍을 수 있다.

나의 염려는 이렇게 되면 먹거리에 대한 경외감은 어디서 찾나 하는 점이다. 먹거리는 생명과 이어져 있다. 우리나라 같이 작은 나라에서 비행기로 농약을 뿌리는 큰 나라와 대적하여 소규모의 농사라도 붙잡고 있으려 안간힘을 쓰는 이유는 그것이 국민의 기초 생활과 관련이 있기 때문일 것이다. 나는 만약 우리 아이들이 마당 한쪽에 벼나 보리를 화초처럼 키운다면 혼을 낼 것 같다. 그것들은 완상용이 아니라 우리의 기본적인 먹거리이다. 먹거리는 먹거리로서의 예우가 필요한 것이다.

나는 시나낫빠가 유채꽃이 된 것이 못내 서운하다. 채소가 바람이 나서 화초가 된 것 같은 배신감이 드는 것이다. 저 아니라도 봄에는 온 세상이 꽃 천지인데 구태여 저까지 보텔 필요가 어디 있는가 말이다. 채소는 채소의 본분이 있는 법이다. 잎과 줄기를 기름지게 키워 기꺼이 식용으로 효용되는 일이다. 게다가 시나낫빠가 화초가 되려면 잎과 줄기를 아껴 두어야 한다. 꽃을 피워야 하기 때문이다. 이는 마치 아기 엄마가 몸매 유지를 위해 아기에게 젖을 안 먹이는 것과 무엇이 다른가. 내가 유채꽃을 화류계로 치부하는 이유이다.

유채꽃을 보면 생각나는 소녀가 있다. 새댁 시절 아래채에 세 들어 살던 정매네 집 이야기다. 정매네는 서문시장에서 포목점을 했는데, 친척뻘 되는 화야라는 소녀를 아기 보기로 데리고 있었다. 화야는 일찍 부모를 잃어 고아와 다름없었다. 정매네는 화야를 가엾게 여겨 때가 되면 시집보내 주겠노라고 월급 외에 별도 통장까지 만들어 주고 있었다. 화야 역시 정매네를 부모처럼 따르고 신뢰하였다. 세 살 난 정매도 업어 키우고, 잔심부름도 게을리하지 않았다.

사건은 화야한테 남자가 생기면서부터 일어났다. 정매가 잠든 사이에 시장 다녀오겠다고 나간 화야는 아이가 깨서 내가 한참을 데리고 있는 동안에도 돌아오지 않았다. 어쩌다 한 번인가 싶던 그 일은 차츰 횟수가 잦아지더니 엉뚱한 데서 터져버렸다. 동네 약국 여자의 입에서 화야가 자주 수면제를 사간 것이 밝혀진 것이었다. 화야는 간 크게도 남자를 만나러 갈 때마다 아이에게 수면제를 먹여왔음이 드러났다.

겨우 세 살 난 아이에게 말이다. 정매네가 연탄집게를 들고 소리소리 지르며 난리를 치는 바람에 화야는 통장도 못 건지고 쫓겨나고 말았다.

오랜 세월이 흐른 후 나는 예기치 못한 장소에서 화야를 보았다. 생선가게 옆, 선술집에서였다. 한여름이라 문을 반쯤 열어놓은 채 남자들에게 술을 따르고 있었다. 나는 한눈에 그녀를 알아보았지만 그녀는 나를 모르는 것 같았다. 대낮인데도 취해있었기 때문이다.

공원 옆 유채밭에서는 지금 한창 젊은이들이 사진을 찍고 있다. 봄 치마를 입은 소녀들은 꽃잎처럼 나폴거리고, 무스를 바른 소년들은 연신 벙글거린다. 좋을 때다. 누구에게나 지구가 자신을 중심으로 도는 줄 아는 시기가 있으니까. 나는 다만 저들이 시나낫빠도 기억해 주었으면 좋겠다. 시나낫빠의 쓰임을 잊지 말았으면 좋겠다. 시나낫빠는 먹거리로도 훌륭하고, 씨를 통해 기름을 짜기도 한다. 저들을 위한 향수를 만들 수도 있다.

화야도 시니낫빠였을 때는 쓰임이 좋았다. 청소도 잘하고, 애도 잘 보고, 반짝반짝 냄비도 잘 닦아놓았었다. 사고만 없었으면 지금쯤 성실한 신랑 만나서 참한 살림꾼이 되어있었으리라. 어쩌다가 그녀는 선술집까지 흘러들게 되었을까.

아이에게 수면제까지 먹여가며 달려갔던 그 남자와는 그 후 어떻게 되었을까.

유채꽃을 보며 이런저런 생각에 잠긴 사이 짧은 봄은 꼬리를 흔들며 멀어져 가고 있다.

꽃 진 자리

꽃이 피고 지는 것이 예사롭지 않은 나이가 되었다. 한때는 꽃이 피면 온 세상이 꿈결 같더니, 이제는 꽃을 보면 피고 짐이 눈물겹다.

오랜 친구 S가 찾아왔다. 여중 때부터 알아왔으니 해묵은 친구이다. 안 본 사이 몰라보게 햀쑥한 모습이었다. 자식들에게 문제가 생겼나, 걱정이 되었다.

S는 말없이 청도 쪽으로 차를 몰았다. 간간이 한숨을 쉬었다. 무거운 병이라도 든 건가, 마음이 쓰였다. 주위에 더러 병원 다니는 사람들이 생겼다. 나도 요즘은 몸이 개운하지가 않다. 나이 들면 아프지 말아야 하는데.

휴게소에서 S는 구태여 테이크 아웃을 고집했다. 얼굴 보고 말하기 어려운 얘기구나, 커피를 받아 들고 바깥 벤치에 앉았다. 초여름이지만 산 밑이라 제법 쌀쌀했다. 우리는 나란히 구름을 보며 커피를 마셨다.

"원우를 만났어."

나는 놀라 하마터면 커피잔을 떨어뜨릴 뻔했다.

"뭐라고?"

원우는 S의 아픈 사랑이었다. 재수할 때 학원에서 만나 정이 깊이 들었을 때 원우네 집에서 극력 반대하여 헤어지고 말았다. S의 집안이 한미한 데다 나이도 S가 한 살 많다는 이유였다. 오래전 일이었고, 당시는 사회정서가 그러하기도 했다. 원우는 끝까지 헤어지지 않으려 했지만 S가 매정하게 작별을 고했다. 상처 입은 짐승의 뒷발질이었을 것이다.

긴 세월 동안 두 사람은 서로를 잊고 살았다. 각자의 자리에서 결혼하고 아이도 낳고 무사히 잘 지내왔는데, 늦은 나이에 운명의 신이 장난을 친 모양이었다.

"어떻게? 미국에 있다고 하지 않았어?"

임신한 시누이가 갑자기 하혈을 하게 되었다고 했다. 전화를 받고 부리나케 달려갔는데, 119로 병원에 도착해 보니 담당 의사가 원우일 줄이야! 전문의 따고 미국 주립병원에 머물다가 몇 년 전에 귀국했다는 설명이었다.

한편 S는 위급상황이라 화장도 않고, 입던 옷에, 머리는 쑥대밭이었다. 심지어는 맨발에, 슬리퍼를 신고 있었다.

"기가 찬 것은~."

응급처치가 끝나고 원장실에서 차를 한 잔 마시는 자리였다고 했다. S는 갑자기 손을 웅크리고 말았다. 둘이서 동시에 자기 앞에 놓인 찻잔을 들었는데 원우의 손과 자기의 손이 천양지차더라고 했다. 희고 매끈한 원우의 손과 남편의 부도까지 겪으며 억척같이 살아온 자신의 엉겅퀴손이 극명하게 대비되더라는 것이었다.

한때는 마주 잡고 사랑을 맹세했던 손이었다. 평등했고 당당했던 손이었다. 지금은 아니었다. 아름답지도, 대등하지도 않은 손이 수치심과 절망으로 웅크리고 있었다.

여자에게 손은 삶의 민낯이었다. 들키고 싶지 않은 자기 증명이었다. 손의 정직성이었다. 또한 손의 한계이기도 했다. 얼굴과 달리 손은 치장이라야 기껏 반지를 끼는 정도이다. 양귀비도 클레오파트라도 손을 분칠하지는 못했다. S의 눈에 눈물이 글썽했다.

"내 손이 얼마나 초라하던지~. 나이는 나만 먹은 것 같더라고~."

원우는 좋아 보이더라고 했다. 살이 조금 붙은 것 말고는 예전 모습 그대로여서 S는 한눈에 그를 알아보았다고 했다. 원우 쪽에서 오히려 젊은 한때 그토록 사랑했던 여인을 긴가

민가하더라고 했다. 어수선한 몰골에, 세월의 강이 40여 년이나 흘렀으니.

우리는 다시 차에 올랐다. S가 시동을 걸며 유리문을 내렸다. 꽃들이 차례로 지고 있었다. 벚꽃, 진달래, 복사꽃들이 봄의 끝자락에서 아듀를 고하고 있었다. 꽃의 기능에는 작별도 포함된다. 꽃들은 일제히 제 모습대로 피었다가 제 뜻대로 세상과 하직한다. 이제 곧 낙화 소식을 접한 나뭇잎들이 기지개를 켜며 다투어 연둣빛 싹을 내밀 것이다. 그 많은 꽃들은 다 어디로 갔을까.

S가 폐교된 초등학교 운동장에 차를 세웠다. 본인의 모교이다. 학생이 없어 폐교된 지 몇 년이 지났다. 지금은 도예가의 작업실이 되어있었다. 학교 곳곳에 쓰지도 못하는 물건들이 세월의 흔적 속에 버려져 있었다.

강당으로 쓰이던 곳에는 풍금이 놓여있었다. S가 앉은뱅이 풍금 의자에 앉았다. 교육대학에서 부전공으로 음악을 공부했던 참이었다.

"소리가 날지 모르겠네."

S가 풍금을 치기 시작했다. 제목도 기억 안 나는 노래들.

아, 그러나 그것은 훌륭한 연주였다. 그리움을 견디고, 사랑을 견디고, 슬픔을 견뎌낸 사람만이 낼 수 있는 깊은 소리였다.

손이 좀 험하면 어떠하리. 그깟 손이 뭐라고! 사랑은 그렇게 왔다 가는 것이다. 꽃이 피고 지듯이. 꽃이 어디 한 번만 피고 말던가. 피고 지고, 피고 지고 또 다시 피어나지 않던가. 주름진 손이 치는 아름다운 풍금 소리가 폐교가 된 꽃 진 자리에 울려 퍼졌다.

마른 잎

창을 연다. 날씨가 좋다. 달력을 보지 않아도 오월임을 알 수 있다. 누군가는 오월을 '금방 찬물로 세수를 한 스물한 살 청신한 얼굴'이라 하지 않던가. '계절의 여왕'이라고도 하지 않던가.

열린 창으로 한참 동안 밖을 내다보았다. 우리나라의 사계절은 국제적으로도 경쟁력이 있지 않은가 생각된다. 더위와, 추위와, 생성과 소멸이 1년 안에 골고루 녹아있는 나라가 몇이나 되겠는가. 고마운 일이다.

눈높이 조금 멀리 앞산이 보인다. 이 아파트로 이사 올 때 제일 먼저 내 눈에 들어왔던 산이다. 나는 앞산을 임의로 이 집의 자산가치에 포함시켰다.

매일 아침 눈만 뜨면 창을 열고 앞산에 눈 맞춤 한다. 때로는 손을 흔들어 나의 근황을 알리기도 한다. 슬플 때나 기쁠 때나 앞산에 일러바친다. 산을 '내 거' 한다고 해서 시비 거는 사람은 아무도 없다. 고지서도 날아오지 않고, 경찰도 잡아가지 않는다.

오늘은 구강건조 이야기를 고해바쳤다. 건강 검진 결과 일어난 일이다. 의사는 여러 항목을 쭉 훑어보더니 대체로 양호하다는 진단을 내렸다.

"불편한 데는 없으시지요?"

"입안이 가끔 말라요. 왜 그럴까요?"

반응이 없었다. 재차 물어보았다.

"당뇨가 있으면 입이 마른다던데~."

"당뇨는 정상 수치입니다."

"그럼요? 전에는 안 그랬거든요."

의사가 자기의 팔을 걷어 보였다. 50대 중반의 건강한 팔이었다.

"요즘 들어 저도 가끔 팔이 가려울 때가 있답니다. 나이 들면서 피부가 건조해지는 거죠."

"팔이 아니라 입안이~."

"구강건조증도 같은 경우입니다. 물 자주 드시고, 가방 안에 침 넘길 사탕도 몇 개 갖고 다니세요."

외할머니 생각이 났다. 할머니는 가끔 사탕을 주며 '침을 넘기라' 했다. 나는 이해가 되지 않았다. 나에게 침 넘김은 숨쉬기와도 같았다. 노력하지 않아도 저절로 되는 현상이었다. 나이 들면 입안의 침도 의도하여 넘겨야 하는 모양이었다.

"노화현상이란 말씀이군요."

"아니, 꼭, 노화라기보다…."

병원을 나오면서 웃음을 참느라 혼이 났다. 의사는 왜 굳이 나의 노화를 부정하려 했을까. 상처받을까 봐 배려했던 것일까.

의학적으로 인간은 스무 살 때부터 성장을 멈추고 노화의 시기에 접어든다고 한다. 나는 이미 오래전부터 내 몸이 노화에 이르렀음을 눈치챘다. 아픈 데는 없지만 스스로 체력에 한계를 느껴온 터였다. 팔도 가렵고 등도 가려울 때가 종종 있었다. 나의 몸이 서서히 건조해지고 있다는 증거였다. 오늘 의사는 '구강건조증'이라는 생소한 의학용어까지 들먹이며 나의 노화를 확인해 준 셈이었다. 재미있는 현상이 아닌가. 사람의 몸도 나뭇잎처럼 때가 되면 서서히 물기가 거두어진다니!

눈을 거두어 베란다의 화초로 시선을 돌린다. 자질구레한 화초들에도 엄격히 시간이 적용되어 있다. 피고 지고, 피고 지는 사이 시간은 화초들에게서 물기를 거두어 간다. 봄에 잠깐 피었던 붉은 찔레꽃이 주목을 끈다. 나고 자란 집이 문화재가 되는 바람에 마당에 핀 붉은 찔레가 매스컴을 탔다 하여 뿌리 한쪽을 떼어다 준 사람이 있었다. 좁은 화분에 심어 필까 말까 하더니 봄이 되어 발그레하게 피다 졌다. 지금은 마른 잎이 새잎의 거름이 되기도 하여 반반으로 화분을 채우고 있다.

화초 중에도 굳이 열매를 맺는 것이 있다. 나무도 아닌 화초 주제에 열매씩이나 맺는다고 비난할 필요는 없을 것이다. 자유민주 국가에서 열매 좀 맺는다고 수군거릴 일이던가. 손으로 가만히 열매를 만져본다. 물기가 느껴진다. 온도까지 느껴진다. 이 하찮은 물기로 기어이 새잎의 거름이 되고자 함이리라.

돌아가신 외할머니의 모습이 다시 떠오른다. 나는 어렸을 때 외가에서 자랐다. 엄마가 몸이 약한 데다 동생이 태어났기 때문이었다. 할머니는 나의 껍데기였다. 입이 짧은 나를 위해 이것저것 만들어 주기도 하고 백일기침을 앓을 때는 무슨 산나무 열매를 달여 먹이기도 했다. 잔치라도 가면 꼬질꼬질한 손수건에 이것저것 꿍쳐왔다.

"먹어봐라. 맛나다."

나는 무슨 유세라도 하듯 고개를 저으며 도토리묵에 콩고물이 묻었다고 까탈을 부렸다.

그러나 정작 할머니가 돌아가셨을 때는 세상이 무너진 듯 통곡을 했다. 몸피가 크신 분이었는데, 돌아가실 무렵에는 가랑잎 같았다. 몸에 물기라고는 하나도 없어 손만 닿아도 바스라질 것 같았다. 사흘 꼬박 곡기를 끊으시더니 지푸라기처럼 건조한 상태로 사그라들고 말았다. 어쩌면 할머니는 나의 마른 잎이 아니었을까.

요즘은 왠지 하찮은 것도 살갑고 눈물겹다. 엘리베이터에서 아이를 데리고 있는 젊은 엄마를 보면 더욱 그렇다. 멀리 사는 손자 생각도 나고 딸 생각도 난다. 그윽이 바라보니 태권도복을 입은 예닐곱 살 난 남자아이가 씩씩하게 인사한다.

"할머니, 안녕하세요?"

엄마가 민망한 듯 아이를 급히 자기 앞으로 당긴다. '할머니' 라는 말이 신경 쓰였던 모양이다.

"피부가 참 고우세요."

나는 그것이 빈말임을 아는 터라 구강건조증을 실토하고 싶은 유혹을 느낀다. 참기로 한다. 비밀이란 때로 즐거운 것이니까.

꽃구경

아침 일찍 전화 한 통을 받고 웃음이 빵 터졌다. 서울 사는 딸한테서 온 전화다. 갓 초등학교에 입학한 연년생 외손자들이 학교에서 '꽃구경'이라는 제목의 그림일기를 숙제로 받아왔다고 한다. 고심을 한 내외는 아들들을 뒷좌석에 묶고 여의도로 출발을 했다. 벚꽃이 만발한 봄풍경을 보여주고 싶어서였다. 아이들이 차 안에서 사지를 틀었다.

"엄마, 언제까지 가야 해?"

"다 와가. 밖에 꽃 봐봐."

"햄버거는 언제 먹을 거야?"

"꽃 보고 나서 먹을 거야. 꽃 보라니까."

조용해서 뒤를 돌아보니 녀석들은 머리를 맞대고 곯아떨어져 있었다.

여의도는 인산인해였다. 꽃구경 인파로 발 디딜 틈도 없었다. 녀석들은 차에서 내리자 다시 햄버거 타령부터 했다. 꽃은 안중에도 없었다. 집에 와서도 그림일기에는 맛있는 햄버거만 그려져 있었다. 제목은 물론 '꽃구경' 이었다.

50년 후를 생각해 보았다. 꽃구경 가서 꽃은 안 보고 햄버거만 찾던 아들이 늙고 병든 어머니에게 등을 내민다.

"어머니, 꽃구경 가요. 제 등에 업히어 꽃구경 가요."

세상이 온통 꽃으로 덮인 봄날, 어머니는 좋아라고 아들의 등에 업힌다. 마을을 지나고 산길을 지나고 산자락에 휘감겨 숲길이 짙어지자 '어이구머니나!' 어머니는 그만 말을 잃는다. 꽃구경 봄구경 눈 감아 버리더니 솔잎을 한 웅큼씩 가는 길 뒤에다 뿌리며 간다.

"어머니 지금 뭐 하나요? 솔잎은 뿌려서 뭐 하나요?"

"아들아 아들아 내 아들아. 너 혼자 내려갈 일 걱정이구나. 길 잃고 헤맬까 걱정이구나."

가수 장사익은 꽃구경에다 사랑과 세월을 입혔다. 꽃은 안 보고 햄버거만 찾던 아들이 늙고 병든 어미를 업고 꽃구경을 간다. 등에 업힌 어미는 꽃 대신 솔잎만 뿌리며 간다. 봄날은 간다.

2부

여름

개와 낭만

제주에 사는 아들 내외가 전원주택으로 이사한 것은 개와 고양이 때문임을 나는 안다. 놈들은 주인이 부부로 합칠 때 자연스럽게 한 가족이 되었다. 그러나 아파트에서 개 두 마리와 고양이 두 마리를 기르는 것은 무리였다. 더구나 사이 나쁘기로 유명한 견묘지간이 아닌가. 아들 내외는 의논 끝에 아파트에서 주택으로 집을 옮기기로 결정을 했다. 은행 융자까지 낀 간 큰 지출이었다.

젊은 부부의 전원주택 이사는 양가를 흥분시켰다. 육지도 아닌 제주도에, 그것도 이효리가 산다는 애월이었다. 가족, 친지들은 다투어 방문을 신청했다. 집주인이 일정을 조정했다. 사돈댁과 나는 가족들과 함께 주말에 초대되었다. 도합

11명이었다.

집에 도착하자 성별과 연령별로 감탄이 쏟아졌다. 네댓 살 된 꼬맹이들은 개와 고양이에 열광했다. 아파트에 갇혀있던 개들이 마당에 나와 뛰어놀고 있었다. 아이들을 보자 미친듯이 반기며 동지애를 발휘했다.

젊은 엄마들은 오션 뷰에 관심을 보였다. 그녀들은 바다를 처음 보는 사람처럼 팔을 들어 가슴을 부풀리면서 심호흡을 했다. 나지막한 돌담이며 한적한 마을이 그녀들을 사로잡았다. 뜬금없이 이효리의 근황을 묻기도 했다.

젊은 아빠들은 근처에 있는 골프장에 관심을 보였다. 그들은 아들 내외가 반려동물을 포기하지 않고 기꺼이 이사를 결심한 데 대해 찬사를 보냈다. 자연과 동물을 가까이하는 삶이야말로 21세기를 사는 우리 모두의 로망이라고 추켜세우기까지 했다. 사돈과 나는 집 내부를 꼼꼼히 살폈다. 대체로 만족했다. 아침이 오기 전까지는.

아침이 되자 우리는 새로운 국면에 맞닥뜨렸다. 밤새 내린 폭우로 담장이 무너진 것이었다. 하필이면 일요일이었다. 어디에도 도움을 청할 데가 없었다. 우리 중 아무도 담을 쌓아본 사람이 없는 터라 아들은 처남, 매형과 함께 무너진 담장 옆을 맴돌다 비만 맞고 들어왔다. 현관문을 들어서는데 이층에서 내려오던 며느리가 비명을 질렀다. 계단 쪽 천장에서 비가 새고 있는 것이었다. 걸레를 가져와라, 양동이는 어디 있나 허둥대는 와중에 아이들이 거실로 들어온 개를 보고 함성을 질렀다. 멀쩡한 개집을 두고 비 맞을까 봐 사돈이 안으로 들여온 것이었다. 거실에 있던 고양이가 개한테 놀라 쏜살같이 이층으로 올라가니 사돈 댁 손녀가 울음을 터뜨렸다. 난리도 그런 난리가 없었다.

아침을 먹었다. 늦은 아침이었다. 일요일 스케줄은 서명숙 올레길 이사장이 추천하는 '시크릿 가든' 투어였지만 그럴 계제가 못 되었다. 우리는 각자의 생각에 잠겨 조용히 밥을 먹었다.

동서고금의 역사에는 언제나 내분이 존재한다. 우리에게도 어느새 그러한 조짐이 꿈틀거리고 있었다. 보수와 진보의 대립이었다.

보수 쪽에서는 담장을 보안의 개념으로 이해했다. 무슨 일이 있어도 오늘 중으로 담장을 고쳐놓아야만 했다. 밤을 틈타 도둑이 들어올 수 있기 때문이었다. 한편으로는 아들 내외에 대한 염려 섞인 의혹도 있었다. 젊은 것들이 외양만 보고 집을 잘못 선택한 것이 아닐까. 감상에 치우쳐 부실 공사업자에게 속은 것은 아닐까. 반려동물 때문에 은행 융자까지 떠안아 가며 이사한 일이 잘한 짓일까. 개든 고양이든 동물은 결혼과 동시에 포기해야만 했던 것이 아니었을까.

진보 쪽에서는 담장을 경계의 개념으로 받아들였다. 결혼 전 총각은 개를 키우고 있었고 처녀는 고양이를 기르고 있었으니 주인이 결혼할 때 놈들도 당연히 가족이 되는 것이 아닌가. 제주 기후의 특성상 돌담은 얼마든지 무너질 수 있었다. 내일쯤 시공업체에 연락해서 무너진 담을 고치면 될 일이었다. 어차피 성인 허리 높이도 안 되는 담이니 도둑과는 상관없었다. 도둑 문제는 경비 업체에서 관리할 문제였다. 비도 그쳤으니 낮에는 '시크릿 가든'을 투어하고, 저녁에는 새집에서 조촐한 오프닝 파티라도 열면 좋을 것이었다.

보수가 선수를 쳤다. 밥숟가락을 놓자마자 수장인 사돈이 담장을 고치겠다고 나선 것이다. 진보 수장인 아들이 말렸다.

"아버님, 안 돼요. 제주 돌담은 쌓는 노하우가 따로 있어요. 우린 못 합니다. '시크릿 가든'이나 갑시다."

"'시크릿 가든'은 개뿔! 남자들은 담을 쌓고 여자들은 화단이나 수습해. 풀도 좀 뽑고!"

졸지에 일꾼으로 투입된 우리는 담장을 고치고, 화단을 수습하고, 풀을 뽑았다. 안사돈은 한술 더 떴다. 며느리와 함께 그릇을 통째로 꺼내놓고 부엌 구석구석을 정리했다. 편한 백성은 개와 고양이들뿐이었다. 신이 난 개들은 아이들과 함께 한갓지게 동네 나들이까지 다녀왔고, 소심한 고양이들은 번거로움을 피해 2층에서 낮잠을 즐겼다.

저녁 시간이 되었다. 아들이 슬그머니 나한테 오더니 외식을 하자고 했다. '시크릿 가든'을 갔으면 투어 마치고 수산시장에 들러 회를 좀 사오려 했는데 계획이 무산되어 저녁 반찬이 마땅치 않다는 얘기였다. 그러나 아무도 나가고 싶어 하지 않았다. 노동에 지쳐 아무렇게나 한술 뜨고 쉬고 싶은 생각뿐이었다. 꼬맹이들은 배고프다고 칭얼대기 시작했다. 엄마들이 부실한 반찬으로 식사를 준비했다.

맥주가 나왔다. 담 쌓기에 성공한 사돈이 기분이 좋아져서 우리 모두에게 한 잔씩 따라 주었다. 우리는 안주도 없이 벌컥벌컥 들이켰다.

바로 그때였다. 마당에서 무슨 소리가 들리는가 싶더니 아들이 쏜살같이 뛰쳐나갔다. 아들은 좀체 돌아오지 않았다. 무슨 일인가 하고 술잔을 든 채 밖을 나간 우리는 벌어진 입을 다물 수가 없었다. 남자 넷이 하루 종일 공들여 쌓은 돌담이 장난감처럼 와르르 무너진 것이 아닌가.

그 옆에는 개들이 곤히 잠들어 있었다. 낮 동안 꼬맹이들과 설쳐대느라 피곤했던 모양이었다. 놈들은 담장에는 관심이 없어 보였다. 담이 무너졌거나, 고쳤거나, 고친 담이 다시 무너졌거나 놈들과는 아무 상관이 없는 일이었다. 두 다리를 한껏 뻗고 잠든 모습이 세상 다 가진 듯 편안해 보였다.

갑을_{甲乙} 놀이

작금의 한일_{韓日} 사태를 보며 드는 생각은 세상이 참 공평하지 못하다는 것이다. 굳이 공평하다고 우기는 사람이 있다면 그는 신에 가깝거나 대책 없이 순진한 사람임에 틀림없다. 누구도 시대나 국가를 선택해서 태어날 수는 없다. 그것은 마치 백두산 천지에서 떨어지는 물방울이 떨어지는 순간의 몇 초 차이로 압록강을 타고 서해로 흐를 수도 있고, 두만강을 타고 동해로 흐를 수도 있는 것과 같은 이치다. 그런데 지금 한국과 일본의 상황은 어떤가.

하드웨어로 볼 때 일본은 한국의 2배에 가까운 면적에다 3배에 육박하는 인구를 가지고 있다. GDP는 세계 3위이다. 한국은 11위이다.

소프트웨어는 어떨까. 개화 이전부터 호시탐탐 조선을 침략한 일본은 1910년부터는 아예 식민지로 통치했다. 36년간이다. 경제를 수탈했고, 문화를 말살했고, 징병을 강요했다.

그런가 하면 한국은 단 한 번도 일본을 침략한 적이 없다. 그럴만한 힘이 없었다고 해야 옳을 것이다. 한반도 끄트머리에 외버선처럼 아슬아슬하게 매달려 심심풀이 삼아 건드리는 일본에 대응하기에도 바빴다. 방어만도 허겁지겁 숨이 차서 자체 힘을 기를 겨를도 없었다. 침략은 일본의 일방통행이었다. 이 얼마나 불공평한 상황인가.

가정에서도 마찬가지다. 네 살, 다섯 살의 외손자를 보자. 아이들을 보면 인생은 진정 랜덤Random이라는 생각이 든다. 누구도 부모나 순서를 선택해서 태어날 수는 없다. 본인들의 의사와는 무관하게 첫째와 둘째로 태어나는 것이다.

첫째는 외모도 준수하고 눈치도 빨라서 어른들의 총애를 독차지한다. 사돈 내외는 특히 첫째를 총애하여 맛난 것이나 좋은 게 있으면 무조건 첫째를 우선하는 경향이 있다. 당연히 집안에서는 첫째가 갑이다.

둘째는 덩치가 크고 힘도 세나 다소 느리다. 한번은 내가 백화점에서 아이언맨 티셔츠를 사는데 한 개밖에 없어서 싸움이 나면 어쩌나 걱정하면서 건넸다. 기우였다. 둘째는 첫째가 새 옷을 입고 아이언맨 흉내를 내며 좋아하는 모습을 멀뚱멀뚱 쳐다보고만 있었다. 한 개밖에 없으니 당연히 형 것으로 이해한 모양이었다. 저절로 을이었다.

반격이 일어났다. 놀이터에서 첫째가 바지에다 오줌을 싼 날이었다. 할머니가 둘째의 바지를 벗겨 첫째에게 입히고 둘째는 아랫도리를 타올로 감은 채 집으로 데리고 왔다. 집에 도착하자마자 둘째가 엄마의 목을 감고 울음을 터뜨렸다. 설움에 겨워 꺽꺽 소리를 내며 울었다. 놀란 첫째가 바지를 얼른 벗어 둘째에게 주었으나 완강히 팽개쳤다. 할머니도 당황하여 '얘가 왜 이래, 얘가 왜 이래' 말렸으나 들은 척도 하지 않았다. 상심과 분노가 컸던 모양이었다.

저녁을 먹은 후 반격 제2탄이 벌어졌다. 첫째가 소파에 앉아 TV를 보고 있는데, 둘째가 옆에 바짝 붙어 앉았다. 첫째가 조금 옆으로 비켰다. 둘째가 따라가며 엉덩이로 밀었다. 첫째가 조금 더 밀려났다. 둘째가 이번에는 다리를 들어 형을 소파 끝까지 쓰윽 밀었다. 쫓겨난 첫째가 울면서 외할머니인 나한테 이르러 왔다. 나는 말없이 첫째를 안았다. 그러나 둘째를 나무라진 않았다. 녀석이 나를 향해 싱긋 웃는 모습을 보았기 때문이다.

이제 알겠다. 어쩌면 세상은 공평할는지도 모른다. 공평은 신의 영역이지 인간의 영역이 아니라는 나의 생각이 틀렸을 수도 있겠다. 랜덤의 탄생 자체가 공평의 시작일 수도 있지 않은가. 태어날 때 부모나 순서를 선택할 수 있다면 세상의 질서가 유지될 수 있겠는가. 어쩌면 우리 삶은 인간의 영역이 아닌 것으로 인해 조율되고 빛나는 것이 아닐까.

개인이나 국가 간에 힘이 우선하는 건 피할 수 없는 현실일 것이다. 힘이 있어야 대화도 되고 평화가 유지된다. 축구 경기에서 방어만 하는 팀을 상대팀은 어떻게 생각할까. 신神조차도 하품을 하며 리더를 불러 경기의 묘미를 살리라고 타이르지 않겠는가.

나는 오늘 뜻밖에도 어린 외손자들에게서 공평의 논리를 터득했다. 갑은 언제까지나 갑이 아니었고, 을 또한 영원한 을이 아니었다. 둘은 용감했다. 공평을 지켰다. 분노한 을이 통쾌하게 다리를 들어 한 방 먹이니 갑이 슬그머니 꼬리를 내리지 않던가.

깨밭

뉴스를 보고 있다. LH(한국토지주택공사) 직원들이 신도시 개발 정보를 흘리거나 이용하여 불법으로 땅을 무더기로 사들였다는 소식이다. 편법으로 사들인 땅을 용도에 맞게 쪼개어 막대한 부당이익을 취했다고 한다. 개발 계획을 미처 몰라 싼값에 땅을 판 인근 주민들은 상대적 박탈감으로 분노하여 회사로 몰려가 계란을 던지는 사태가 발생했다. 난리도 이런 난리가 없다.

뉴스 안에서 내 모습을 본다. 나는 어느 쪽일까. 피의자일까. 피해자일까. 나는 물론 이번 사건과는 아무런 관련이 없다. 내 평생 단 한 번도 땅 관련 직업을 가져본 적도 없고 친척이나 친구 중에도 그런 사람은 없다. 그러나 나는 땅이라면 자유롭지 못하다. 욕심을 내어본 적이 있기 때문이다.

때는 바야흐로 땅 투기가 한창이던 80년대 무렵이었다. 경제성장으로 곳곳에 부동산이 들어서고 자고 나면 장난감 같은 건물이 거짓말처럼 올라가던 시절이었다. 눈만 뜨면 어느 지역에 아파트가 들어서느니, 도로가 생기느니 소문이 무성했다.

우리는 너나없이 땅 한 뙈기라도 확보해야 살아남을 것 같은 위기감에 사로잡혔다. 월급쟁이를 남편으로 둔 아내가 은행만 바라보고 있으면 고지식하고 무능한 여편네로 간주되었다. 땅 사고 아파트 옮겨 살림이 불어나야만 똑똑하고 유능한 아내가 되던 시절이었다.

어느 날 나는 자의 반 타의 반으로 이 기막힌 흐름에 참여하게 되었다. 형편이 비슷한 친구와 부동산을 전전한 끝에 찾아낸 곳이 대구 변두리의 한 참깨밭이었다. 지금은 한적한 농지지만 2, 3년 내에 4차선 큰 도로가 생길 거라고 했다. 300평쯤 된다는데 가보니까 깨는 없고 온통 돌멩이와 쓰레기 더미뿐이었다.

"아니, 아저씨. 깨밭이라더니 왜 이래요? 여기 맞아요?"

중개업자의 설명인즉 원래는 깨밭이었지만 주인이 몇 번 바뀌는 동안 농사를 짓지 않고 버려둔 탓이라고 했다. 덧붙여서 그는 집터로나 상가터로나 이만큼 반듯한 땅도 없다고 말했다. 나는 그 '반듯한 땅'이 무엇을 뜻하는지 이해가 안 되는 맹추로서 돌멩이와 쓰레기 더미만을 아득한 심정으로 바라보았다.

"어떡하시겠소? 계약금은 갖고 오셨소?"

"계약금요? 애 아빠한테 상의도 안 해보구요?"

그때였다. 그가 들고 있던 부채를 획 접으며 돌아선 것은. 땅값이 하루가 다르게 오를 때라 선수들은 계약금을 아예 챙겨 다녔던 모양이었다. 그는 뒤도 안 돌아보고 찬바람을 일으키며 성큼성큼 걸어갔다. 목젖이 가려운지 침까지 탁 뱉어 가면서. 나는 무안하고 겁이 나서 주춤주춤 뒤따라갔다.

"돌멩이가 너무 많아서 그래요. 쓰레기 더미도 그렇고."

그러나 그는 무엇이 그리 노여운지 더욱 빠른 걸음으로 멀어져 갔다. 재수 옴 붙었다는 기색이 역력했다. 깨밭 300평도 동시에 내 눈앞에서 사라졌다.

이쯤에서 끝났으면 얼마나 좋았을까. 슬픈 이야기에는 언제나 후속편이 따른다. 몇 년 후 나는 새 건물을 지은 선배를 축하해 주러 갔다가 그 자리에서 얼어붙고 말았다. 건물이 앉은 그 자리, 그 땅은 바로 내가 사려다 놓친 깨밭이었던 것이다.

나는 요동치는 가슴을 누르면서 5층 건물의 안내도를 살펴보았다. 1층부터 5층까지 임대가 끝난 상태였다. 중개업자의 말대로 바로 앞에 큰 도로가 들어서는 바람에 교통의 요지가 된 것이었다.

선배는 기분이 좋아보였다. 상기된 얼굴로 아들 내외가 치과의사인데 건물 2층을 병원으로 사용한다고 말했다. 명함까지 건네며 잘해줄 테니 주위에 홍보해 달라고도 부탁했다.

나는 그저 '네, 네' 하며 듣기만 했다. 이제 와서 촌스럽게 그때 그 돌멩이와 쓰레기는 다 어디 갔느냐고 물어볼 수는 없는 노릇이었다. 아니다, 조금 세련되게 땅을 보는 안목이 놀라우시다고, 이 땅이 원래 300평쯤 되었을 텐데 반을 떼어 판 돈으로 건물을 올리신 모양이라고, 지나가는 말처럼 건네볼 수는 있었을지도 모른다.

그러나 나는 그마저도 하지 못했다. 못난 사람이 못난 짓만 골라 한다고, 나는 다시금 내 안에서 꿈틀거리는 비루한 욕심을 보고야 말았다. 한 번도 내 땅이었던 적이 없는 그 땅을 두고 분노가 치밀어 올랐던 것이었다. 나는 졸지에 피해자로 전락한 구차한 속물이 되고 말았다. 번듯한 5층 건물마저도 내 것이었던 것을 날강도에게 빼앗긴 기분이 들었다. 분수도 모르고 투기에 뛰어들었던 수치심에다 어리석은 판단으로 아까운 땅을 놓친 후회까지 복합적으로 작용했으니 어쩌랴.

뉴스에서는 카메라가 연신 논과 밭을 비춘다. 이제 더 이상 돌멩이와 쓰레기로 덮인 농지는 없다. 곡식이 아닌 묘목이 보기도 좋게 가지런히 심어져 있다. 땅을 팔거나 보상받을 때 나무 수효만큼 값을 쳐 받을 수 있기 때문이라고 한다. 조립식 건물까지 산뜻하게 들어서 있다. 사람도 살지 않는 보상용 건물이다. 바람에 펄럭이는 비닐하우스마저 보상 대상이 된다고 한다. 법은 누구 편인가. 범죄도, 욕망도 진화하는가.

TV를 끈다. 한 번도 내 것이었던 적이 없는 깨밭으로 인해 불편했던 내 마음이 가라앉는다. 이제야 겨우 욕심 때문에 피의자이기도 하고 피해자이기도 했던 내가 보인다.

꼴값

‘꼴값’ 이라는 말이 있다. ‘얼굴값’ 을 속되게 이르는 말이다. ‘꼴값 떤다’ 는 말도 있다. 꼴이 값을 함에 그 값이 꼴과 터무니없이 차이가 날 때 쓰는 말이다.

이쯤 되면 무슨 얘기를 하려는지 눈치 빠른 독자들은 알아차릴 일이다. 선거철이 아닌가. 뉴스를 통해 대선 후보자들의 면면을 보고 있자니 돌아가신 친정어머니가 생각난다. 어머니는 자식들이 분에 넘치는 욕심을 갖거나 행동을 하면 일갈을 가하곤 했다. ‘꼴값 좀 떨지 마라’

나의 대표적 꼴값은 운전면허였다. 타고난 길치에다 운동신경까지 둔하여 내 평생 운전과는 인연이 없어 보였다. 무엇보다 나는 운전을 할 형편이 못 되었다. 아이 넷 키우며 직장에 다니던 시절이라 차를 살 돈도 없었고, 차를 끌고 다닐 시간도 없었다. 출퇴근용으로는 학교 버스가 나왔다. 집 앞에서 출발하여 학교 안마당까지 데려다주었다. 그러니까 나는 차가 필요 없는 사람이기도 했다.

그런데도 나는 내 차를 갖고 싶었다. 욕심이었고 허영이었다. 경제 성장으로 온 나라가 마이카시대에 돌입하던 시절이기도 했다. 주위에 차 없는 사람이 드물 지경이었다. 출근하면 주차장에는 새로운 차가 보였다. 세상이 온통 앞만 보고 경주를 하는 것 같았다. 나만 혼자 뒤처진 기분이 들었다. 미개인이 된 것 같았다. 더 늦기 전에 면허증이라도 따놔야 할 것 같았다. 운전학원에 등록을 했다.

필기시험에서 98점을 받았을 때 나는 학원 선생한테 칭찬을 들을 줄 알았다. 그런데 선생은 입가에 애매한 웃음을 흘렸다.

"이런 시험은 70점 정도가 딱 좋거든요. 나는 여태까지 필기시험 90점 이상 받는 사람치고 실기시험에 바로 합격하는 꼴을 못 봤다니까요."

그가 옳았다. 나는 1차 실기시험에서 떨어졌다. 이번에는 친정엄마가 나섰다.

"꼴값 떨지 말고 그만둬라. 개나 소나 차 끌고 나오는 세상이다."

내 차를 갖게 되자 본격적으로 내 꼴값이 드러나기 시작했다. 우선 나는 눈치가 좀 없었다. 도로의 흐름에 적응하지 못했다. 달리던 앞차가 속력을 줄이고 후진을 하기에 나도 후진을 했다. 차가 다시 전진을 하기에 나도 따라 전진을 했다. 다시 후진과 전진. 차가 서더니 젊은이가 내렸다.

"아줌마, 내가 지금 주차하려고 하는데 왜 자꾸 졸졸 따라와요?"

다음은 방향 감각이었다. 출근길에 차가 너무 밀렸다. 오거리에서 좌회전을 해야 하는데 사정이 여의치 않았다. 형편 봐서 나중에 하려고 직진을 하다 보니 엉뚱한 곳이 나왔다. 동촌을 지나 무태에 이른 것이었다. 초등학생 때 소풍 왔던 곳이었다. 강물이 흐르고 모래사장도 좋았으나 나는 1시간이나 늦게 출근했다. 동료들은 한동안 나만 보면 '요즘은 무태 안 가느냐' 고 물었다.

'무태 사건' 이후 나는 고속도로를 이용하기 시작했다. 직장이 하양에 있었기 때문이다. 함정은 여기에도 있었다.

톨게이트에서 차량이 많아 저속으로 운전 중인데 성급한 뒤차가 내 차 범퍼를 들이받고 말았다. 접촉 사고였다. 나는 차를 갓길로 뺐다. 가해차도 갓길로 옮기더니 운전자가 내렸다. 고릴라처럼 덩치가 컸다. 감기 중인지 검정 마스크를 쓰고 있었다. 위협적인 모습이었다. 교도소에서 갓 나온 범죄자 같았다.

　남자는 사과도 하지 않고 내 차부터 한 바퀴 돌아보았다. 바퀴를 발로 툭툭 차 보기도 했다. 대단히 무례하고 거친 태도였다. 마스크가 들썩이는 것으로 보아 무어라고 투덜거리는 것 같았다. 욕을 하는 것 같기도 했다. 남자가 유리문을 두드렸다. 나는 문을 열지 않았다. 너무 무서웠다. 시동을 걸고 도망가기 시작했다.

　얼마나 갔을까. 휴게소가 보여 차를 세웠다. 커피라도 한 잔 하며 숨을 고르고 싶었다. 바로 옆에 차가 서더니 고릴라가 내렸다. 뒤따라온 모양이었다. 헉! 그가 마스크를 벗었다. 손가락으로 내 차 뒷바퀴를 가리켰다.

　"이 아줌마 대형 사고감이네. 뒷바퀴에 아까부터 바람이 새고 있었거든요. 그것도 모르고 도망가면 어떡합니까."

　다시 TV를 본다. 대선 후보 토론 중이다. 정점에 이른 듯 열기가 대단하다. 마음속으로 진행자가 되어 그들에게 물어본다.

　우선 눈치가 없지는 않으신지 묻는다. 등 따시고 배부르게 하는 것이 정치의 기본이라 민의를 정확하게 읽어내셔야 하기 때문이다. 방향 감각은 있으신지도 궁금하다. 지도자의 덕목은 선택과 집중이 아니겠는가. 글로벌 시대에 맞는 국정

운영의 키는 갖고 있으신지 알고 싶다. 마지막으로 겁쟁이는 아니신지도 묻고 싶다. 국가의 운명이 지도자의 결단에 달려 있는지라 전체를 보는 안목은 갖고 있으신지 염려가 되어서다.

TV를 끄니 마음이 영 개운하지 못하다.

"꼴값 떨지 마라."

친정어머니의 목소리가 들리는 듯하다.

불청객

구경 중 최고는 싸움구경이라고 했던가.

그런데 싸움을 해야 하는 건 어떤가.

나는 결코 그대를 초대한 적이 없다. 그대 스스로 나의 몸에 들어오지 않았는가. 나의 목 안 갑상선 주변 어딘가에서 자리를 잡고 숨어있는 것이 검사 결과 발견되었다. 친구인지 적인지는 파악되지 않았다. 불청객인 것만 알 수 있을 따름이다.

한때 나의 몸속에는 축복받은 생명이 머물렀던 적이 있었다. 나의 분신이기도 한 새 생명이다. 나는 열 달 내내 그것을 품으면서 미래를 꿈꾸었다. 그것 역시 온갖 방법으로 자신의 존재를 알리면서 적이 아니라 희망임을 암시해 주었다.

그것은 나를 통해 세상과 소통했다. 나의 몸은 세상을 여는 문이 되었다. 조물주의 탁월한 프로그램이었다.

그러나 지금은 경우가 다르다. 엑스레이를 통해 처음 그대를 발견했을 때 나는 적잖이 놀랐었다. 나의 몸은 평생토록 초대받은 손님들만 노크할 수 있다는 오만이었을까. 아니면 내 인생은 온전히 나의 의지대로 설계될 수 있을 거라는 자신감이었을까. 깊은 고민과 갈등 끝에 나는 비로소 다른 사람에게 생길 수 있는 일은 모두 나에게도 해당된다는 자각에 도달했다.

그대의 존재가 눈에 들어오기 시작했다. 그대는 이미 나의 의사나 소망과는 상관없이 내 몸의 모든 장기들과 동거를 시작했던 것이다. 밥을 먹든 커피를 마시든 비타민을 먹든 함께했고, 잠을 잘 때도 운동을 할 때도 노래를 할 때도 같이 있었다. 슬플 때나 기쁠 때 혹은 화가 몹시 났을 때는 어땠을까. 모르긴 하지만 신기하게도 그 역시 변함없이 동조하고 있었으리라.

때로 궁금한 것이 없었던 것은 아니다. 그대는 왜 자신의 존재를 일찍부터 알리지 않았던가? 어찌하여 엑스레이를 들이밀 때까지 그토록 철저하게 몸을 숨기고 있었던가? 그렇다, 나의 초대를 받지 않았기 때문일 터이다. 혹여 내가 그대를 거부하여 쫓아낼까 봐 우려했을 수도 있을 것이다.

의사의 해석이 재미있다. 불청객일수록 인심에 민감하다는 것이다. 들킬 때까지는 최대한 몸을 숨긴 채 근신하다가 들키는 순간부터 설치기 시작한다고도 했다. 본색을 드러낸다는 뜻이리라.

그렇다면 최소한 그대는 나의 친구가 아님이 증명된 셈이다. 그대는 나의 적이거나 비판론자임이 분명해진 것이다. 핵을 보유했는지 여부까지는 알 도리가 없으나 총이나 칼을 지녔을 수는 있을 것이다. 그대는 태생적인 싸움꾼으로 프로답게 나의 대응력을 저울질하고 있는지도 모르는 일이다.

아니다, 어쩌면 그대는 밖으로부터 들어온 것이 아니라 내부에서 파생되었을 수도 있겠다. 반란군일 수도 있다는 뜻이다. 인간의 몸속은 작은 우주와 같아서 나의 의사에 반하는 수많은 반대파들이 호시탐탐 자신들의 세력을 규합하여 쿠데타를 도모하고 있을 것이기 때문이다.

성군으로 칭송이 자자한 세종대왕에게도 집권 당시에는 얼마나 많은 반대 세력이 있었던가. 로마의 시저나 알렉산더 대왕에게도 목숨을 걸고 반란을 꾀하는 지하 세력들이 있었다. 나의 몸 또한 헤아릴 수 없이 많은 세포들이 상주하면서 저마다의 이해관계에 따라 변형에 변형을 거듭하고 있지 않겠는가. 그대가 산책이라도 하다가 잠시 나의 몸을 방문했을 수도 있다는 생각은 나의 방심과 어리석음이 빚은 착각이리라.

또한 나 스스로 그대의 반란을 부추겼을 수도 있었을 것이다. 성공과 풍요에 대한 과도한 욕심이 한때는 충복忠僕이었을 그대를 끝없이 학대하고 절망하게 했을는지도 모른다. 그대의 고통과 아우성을 외면한 채 나 편한 대로 살아온 것이 그대의 배신을 유도했을 수도 있지 않았을까. 나의 무절제한 생활, 욕망, 게으름이 초래한 엄청난 스트레스가 그대를 벼랑으로 내몰았는지도 모를 일이다.

이제 나는 그대의 존재를 인정한다. 또한 그대의 끈질긴 회유와 유혹에도 불구하고 온전히 살아남아 준 다른 많은 세포들에게 경의를 표한다. 그것들 하나하나는 날마다 죽고 다시 태어나기를 반복할 것이다. 이는 당연히 나의 몸이 어제의 그것과는 다르다는 것을 의미한다. 나 역시 날마다 죽고 다시 태어나는 것이다.

그대와의 관계는 어떻게 정립할까. 친구처럼 동지처럼 손잡고 가면 되지 않을까. 당초에는 우군이었으나 이제는 나에게서 등을 돌린 그대여. 한 줌 옛정과 우정이 남아있다면 원탁에 앉아 신사협정이라도 맺는 게 어떨까. 어차피 삶이란 게 한바탕 전쟁이라면 내가 살아야 그대 또한 살 수 있지 않겠는가.

의혹疑惑

휴대폰을 분실했다. 손바닥만 한 기계 하나 잃었을 뿐인데 나는 거의 멘붕 상태에 빠지고 말았다. 온종일 아무 생각도 안 날 뿐만 아니라 아무것도 할 수가 없었다.

기이한 일이었다. 금덩어리를 잃은 것도 아니고 거액이 든 통장을 분실한 것도 아니다. 나의 일상이 휴대폰과 밀접한 연관이 있는 것도 아니다. 나는 한시라도 연락을 못 받으면 큰일 나는 청와대 민정수석도 아니고, 국가적 손실을 일으키는 대기업 대표도 아니다. 눈 뜨면 휴대폰으로 지인들과 자잘한 소식이나 주고받는 소시민에 불과하다. 그런데도 나는 놀이터에서 아이라도 잃어버린 엄마처럼 정신을 차릴 수가 없었다. 모든 것이 멈추었다.

시간대별로 나의 행적을 추적해 보았다. 분실 시간은 오후 4시쯤으로 추정되었다. 허리 통증으로 난타 수업에 빠진 친구에게 걱정 전화를 한 것이 마지막이었다. 장소는 복지관이었다. 나는 부랴부랴 복지관으로 내달렸다. 행정실에 갔더니 분실물 취득이 없다 하였다. 직원 휴대폰으로 내 번호에 전화를 해봤으나 아무도 받지 않았다. 두 번, 세 번 해봤으나 받지 않았다. 교실로 올라가 샅샅이 뒤져보았다. 보이지 않았다. 화장실에도 가보았다. 없었다. 직원들 퇴근 시간이라 눈치가 보였다. 분실신고를 하고 집으로 돌아왔다.

우울한 생각이 들었다. 나이 탓인가. 요즘 들어 부적 건망증 사건이 주변에 늘어났다. 안경을 쓴 채 안경 찾느라 온 집을 뒤졌다는 얘기도 들리고 휴대폰을 냉장고 안에서 찾았다는 얘기도 들렸다. 지하철을 타고는 행선지를 잊어버려 엉뚱한 데서 내렸다는 친구도 있었다.

충격적인 것은 신문에서 읽은 웃지 못할 에피소드였다. 학교에서 돌아와 샤워하고 있는 아들을 위해 볶음밥을 만들다가 누구 때문에 볶는지 생각이 안 나 자신이 그 밥을 다 먹어버렸다는 이야기였다. 나도 이제 그 밥에 숟가락을 얹으려나 보았다.

밤새 잠을 뒤척이고 아침부터 휴대폰을 다시 구입해야겠다고 서두르고 있는데 복지관에서 전화가 왔다. 어제 오후 청소 아줌마가 난타 교실에서 휴대폰을 주워 오늘 아침 행정실로 가지고 왔다는 것이었다.

나는 한달음에 행정실로 찾아갔다. 두 번, 세 번 머리 숙여 고맙다고 인사를 한 뒤 휴대폰을 넘겨받았다. 급히 지갑을 열어보니 12만 원이 들어있어 10만 원을 건넸다.

이상한 것은 아줌마의 태도였다. 아주 잠깐이었지만 얼굴에 실망한 빛이 역력했다. 약소하다는 뜻이었다. 나는 당혹스러웠다. 휴대폰 찾는 일에만 급급하여 현금 준비를 못해 민망했다. 아줌마의 연락처를 물었다. 그때였다. 옆에 있던 행정실 직원이 아줌마를 가로막으며,

"남의 물건을 집으로 가져가면 어떻게 해요? 주웠으면 행정실로 바로 가져와야지요. 이분이 얼마나 놀랐겠어요?"

그제야 나는 밤새 잠도 못 자고 마음 졸였던 일이 생각났다. 휴대폰이 어디 접시나 재떨이 같은 단순한 물건이던가. 그 안에 온갖 개인 정보가 들어있지 않던가. 경우에 따라서는 얼마든지 악용될 소지가 있는 물건이 아니던가. 일국의 법무장관도 독직 사건 때 끝까지 비밀번호 제출을 거부했던 것이 휴대폰이 아니던가.

집으로 오는 길에 주머니에 든 휴대폰을 가만히 만져 보았다. 문득 작은 의혹이 생겼다. 청소 아줌마는 남의 휴대폰을 왜 집으로 가져갔을까. 행정실로 곧장 갖다주지 않고 왜

자기 가방에 넣었을까. 내가 여러 번 전화를 했을 때 왜 받지 않았을까. 보상금은 얼마나 기대했을까.

또한 나 자신에게도 의혹이 생겼다. 어쨌거나 휴대폰을 찾아준 고마운 사람인데 이런저런 의구심이 생기는 건 무슨 심보일까. 아줌마의 서운한 표정에 내심 나 또한 언짢아진 건 아닐까. 무엇보다 나의 건망증은 어디쯤 와 있을까.

횡단보도 앞에서 휴대폰 벨이 울렸다. 얼른 받았다. 어제 마지막 통화를 한 허리 아픈 친구였다. 나는 반가웠다. 이렇게 다시 통화할 수 있음이 심지어 행복했다.

“응. 찾았어. 청소 아줌마가 가지고 있었나 봐.”

땅따먹기

뉴스에서 대장동 땅 투기 사건이 나올 때마다 겁도 없이 억億, 억億 하니 억장이 무너진다. 서른한 살의 건설회사 대리가 퇴직금으로 50억을 받았다고 하고, 주택업체 대주주가 분양대행업체 대표에게 100억 원을 건넸다고 하며, 동업자 몇 명이 700억을 두고 분배를 논의했다고 전해진다.

도대체 화천대유란 건설회사는 어떤 회사일까. 삽만 들고 덤비면 노다지라도 캘 수 있게 해주는 곳일까.

대학원 행정실에 근무할 때였다. 원장실에는 얼굴도 예쁘고 언행이 반듯한 조교가 있었다. 영문과 교수가 평소 이뻐하여 대학원장으로 취임하면서 데리고 온 조교였다.

어느 날 원장실에 갔더니 조교가 울적한 얼굴로 나에게

하소연을 했다. 원장님이 먼 친척뻘 된다는 신랑감을 소개하는데 거북하다는 것이었다. 왜 거북하냐고 물으니 총각의 아버지는 정치인이고 본인은 곳곳에 금싸라기 땅을 사놓은 부자라 관리만 하며 사는 사람이라는 것이었다. 평생 먹고 사는 건 걱정 없다고 자꾸 결혼하라고 하지만 내키지 않는다고 했다. 왜 싫으냐고 물었더니 20대 후반의 그 조교 하는 말,

"그래도 그렇지, 땅따먹기 하는 사람하고 어떻게 평생을 같이 살 수 있겠어요?"

이 말을 입사 6년 만에 50억을 챙긴 건설회사 대리가 들었다면 뭐라고 할까. 세상 물정 모르는 애송이라 대꾸할 가치도 없다고 할지 모른다. 대학원장이 소개하는 신랑감이 들었다면 뭐라고 응답할까. 그 정도의 철부지라면 자기 쪽에서 먼저 노 땡큐 할 거라고 콧방귀를 뀔는지도 모른다.

땅따먹기라면 어린 시절, 친구들과 했던 놀이가 생각난다. 우선 맨땅에 네모난 땅을 최대한 크게 선으로 그린 다음 동과 서로 나뉘어 앉는다. 작고 납작한 돌을 엄지와 둘째 손가락으로 팅겨 자기의 땅을 조금씩 늘려가는 놀이이다. 선을 넘어도 안 되고 자리를 옮겨서도 안 된다. 자기 자리에서, 자신의 돌로만 손으로 팅겨 땅을 넓혀가는 것이다.

쉬운 일이 아니다. 우리는 땅을 늘려갈수록 더 먼 땅을 탐

하여 발을 옮기고 싶은 유혹에 사로잡힌다. 나도 모르게 엉덩이를 있는 대로 치켜들기도 하고, 상체를 너무 기울이다가 넘어지기도 한다. 영악한 애들은 상대방이 모르게 발을 살짝살짝 떼기도 하여 분쟁의 소지가 되기도 한다. 발을 뗐느니 안 뗐느니 언성을 높이다가 한쪽에서 돌을 휙 던지면 놀이는 끝이 난다. 이상하게도 땅따먹기 놀이는 분쟁이 잦았다. 화천대유 동업자들이 700억 분배를 놓고 뺨까지 때렸다는 사태가 이해되는 부분이다.

그러나 선수는 어디에나 있나 보았다. 희자가 그랬다. 희자는 우선 돌이 달랐다. 어디서 구했는지 유난히 얇고 납작하여 손가락으로 튕기면 멀리 나갔다. 내가 가진 둥근 돌처럼 무겁지도 않을뿐더러 쉬 구르지도 않았다. 구르면 선을 넘어 무효가 되기 때문이었다. 희자는 그 돌을 보물처럼 주머니에 넣고 다녔다. 어쩌다 내가 그 돌을 만져본 적이 있었는데 희자가 깜짝 놀라 얼른 빼앗았다. 놀이가 시작되면 희자는 주머니에서 돌을 꺼냈으나 놀이가 끝나면 돌을 얼른 주머니에 도로 넣었다.

땅따먹기 운영 방법도 희자는 우리와 달랐다. 시작부터 일단 돌을 멀리 보냈다. 나와 둘이 할 때는 첫판에 거의 나의 무릎 앞까지 돌이 날아왔다. 조그맣게 시작해서 점차 영역을 넓혀가는 나와는 달리 남의 영역부터 먼저 침범해 놓고 서서히 채워가는 수법이었다. 나는 판판이 희자에게 졌고 더러 위축되기도 했다.

결혼 후에도 희자의 삶은 우리와 달랐다. 국가적으로 산아제한이 권장되던 시절이어서 딸만 둘인 친구들도 남편을 정관수술로 내몰던 시기였다. 모임에서 딸만 둘인 희자가 또 임신을 한 걸 보고 한 친구가 산아제한을 들먹였다. 한국처럼 좁은 땅에 아이만 많이 낳으면 어떻게 하느냐고. 자기도 딸만 둘이지만 국가시책에 따르려고 한다고.

희자가 발끈했다.

"난 아니야! 유학 보낼 거야. 뭐 하러 좁은 땅에 가두어 놔?"

네댓 살짜리 애들을 키우고 있는 우리는 모두 화들짝 놀랐다. 희자의 땅따먹기는 어느새 거기까지 닿아있었던 모양이었다.

세월이 흘러 우리는 땅따먹기에서 멀어졌다. 깜냥대로 고만고만한 땅을 깔고 앉아서 복닥거리며 살아가는 중이었다. 희자만이 집도 없이 신용불량자가 되어있었다. 부동산 투기로 아파트 한 동을 통째로 산 것이 문제였다. 친척, 친구 가리지 않고 닥치는 대로 돈을 빌리다가 결국은 부도가 나고 말았다. 이혼까지 한 상태였다.

대학원 조교는? 임기를 마치고 초등학교 동창생과 결혼했

다. 지난 주 백화점에서 두 사람을 만났는데, 어찌나 보기 좋
던지 딸과 사위를 만난 기분이었다. 중국집에서 탕수육과 짜
장면을 시켜 먹으며 기분 좋게 놀다 돌아왔다. 땅따먹기 신
랑 얘기는 꺼내지도 않았다.

애비

한밤중에 서울 사는 사위가 왔다. 45kg짜리 아내와 네 살, 다섯 살 두 아들을 데리고 왔다. 왜 하필 밤중이냐 물으니 애들이 잠든 틈을 타서 승용차 뒷좌석 카시트로 묶어 오기 때문이라고 했다. 그러지 않으면 연년생의 두 아이가 차 안에서 너무 설쳐서 운전을 할 수 없다고 했다.

자정 무렵, 우리는 마치 간첩이 접선하듯 은밀하게 거실에서 만났다. 사위는 큰애를, 딸은 작은애를 안고 있었다. 침대에 두 아이를 눕히고, 소리 없이 방문을 닫았다.

"잘 지내셨지요?"

사위는 입을 크게 벌리고 하품을 했다. 피곤한 기색이 역력했다.

“어서 자, 아침에 보자.”

“네, 안녕히 주무세요.”

사위와 딸이 방으로 들어간 후, 나는 한참을 거실에 앉아 있었다. 애비 노릇이 어찌 쉬운 일일까. 잠든 아이 보쌈하듯 묶어서 네 시간 이상을 쉼 없이 달려오는 일이 쉬운 일이었을까.

결혼한 지 일 년이 지나도록 딸은 태기가 없었다. 나는 사위를 의심했다. 의혹은 적중했다. 피임을 하고 있었던 것이다. 아이 없이 1, 2년 신혼을 즐기고 싶다나 어쨌다나. 나는 내심 속을 끓였다. 저 철딱서니들을 어찌하면 좋을까. 어쩌다 세상이 결혼도 자식도 선택사항이 되었단 말인가.

피임에 실패하여 딸이 아들 둘을 연이어 낳자 사위가 바뀌기 시작했다. 자다가도 아이의 기저귀를 갈고, 밥 먹다가 아이가 재채기를 해도 개의치 않았다. 애들 목욕은 아예 도맡아 처리했다. 사위는 어디든 아내와 두 아들을 끼고 다녔다. 오늘처럼 장시간을 운전해야 하는 처가에는 밤을 틈타 카시트로 단단히 묶어서 데리고 왔다.

이튿날, 사문진 나루에서도 그의 눈은 두 아들에게 꽂혀있었다. 산꼭대기까지 전동차로 올라갔다 내려와서 유람선을 탄 아이들은 기분이 한껏 들떠 있었다. 그는 양쪽 겨드랑에 아이 하나씩을 낀 채 개선장군처럼 성큼성큼 배에 올랐다.

부자父子의 뒤를 따르며 나는 고개를 갸웃했다. 도대체 남자에게 아들은 어떤 의미일까. 원초적 동질감 같은 것이 아닐까. 세상에는 그 어떤 논리로도 설명이 불가능한 것이 있다. 어떤 상황, 어떤 장소에서도 설명이 필요 없는 그 어떤 동질성이다. 이 넓은 세상, 바늘보다 미미하지만 면도날처럼 확실하고 빛나는 나의 것, 나의 씨앗, 나의 근본.

지금 저 세 남자를 보라. 아버지와 어린 두 아들이 맨발인 채로 갑판 위에서 춤을 추고 있지 않는가. 바람이 불어 깃발처럼 셔츠가 날리는데도 '니가 왜 거기서 나와, 니가 왜 거기서 나와~' 조타실에서 선장이 틀어주는 음악에 맞춰 몸을 한껏 흔들어대고 있다. 아버지와 아들은 무아지경이다. 내가 너인 듯, 네가 나인 듯, 내가 너이고 네가 나이다. 우리는 한 씨앗에서 발아되었다. 어쩌면 남자에게는 애비가 되는 일이야말로 어른이 되는 첫걸음이 아닐까.

오래 전 화진포 해수욕장에서 본 부자父子가 생각난다. 시끌벅적한 우리 가족팀 옆에는 아버지와 아들이 둘이서만 텐트를 치고 머물러 있었다. 아버지는 50대 중반쯤으로 보였고, 아들은 고2라고 하였다. 내년부터는 대학입시 준비에 바쁠 것 같아 아들을 위해 아버지가 휴가를 냈다고 했다.

내가 주목한 것은 그들의 '말 없음'이었다. 두 사람은 거의 말을 하지 않았다. 언어가 필요 없어 보였다. 짐승처럼 몸

뚱이로 말을 하거나 부자父子인 것만으로도 소통이 저절로 되는가 보았다.

아들이 수영하러 바다로 나가면 아버지는 생선을 다듬고 찌개를 끓였다. 둘이서 밥을 먹고 이번에는 아버지가 수영을 나가면 아들이 설거지를 하고 텐트 안을 정리했다. 일을 끝내면 아들은 낮잠을 잤다. 웃통을 벗고 늘어지게 잤다. 텐트 밖에서 수영하는 아버지와 그를 기다리며 낮잠을 자는 아들. 나는 그들에게서 수컷들만의 깊은 연대를 느꼈다. 아버지의 휴가와 찌개가 있는 한 사는 동안 아들은 외롭지 않을 것 같았다.

오늘 사위와 두 아이를 나는 눈여겨보았다. 화진포의 부자父子에 오버랩되었다. 아이들에게 '니가 왜 거기서 나와'라는 트로트는 익숙지 않은 멜로디일 터였다. 그러나 그들의 곁에는 애비가 있었다. 애비는 곧 '우주'였다. 얼마든지 몸을 흔들며 춤을 추어도 되는 신 우주였던 것이다. 화진포에서 아들을 위해 찌개 끓이던 애비가 수영하는 아들에게는 우주였듯이.

초저녁. 목욕을 마친 사위가 아이들을 아내에게 넘겨준다. 아이들이 고추를 달랑거리며 엄마에게 안긴다.

"아홉 시쯤 출발하자."

“알았어.”

사위는 침대방으로 가서 눈을 좀 붙일 모양이다. 딸은 주섬주섬 짐을 챙기고, 아이들은 엄마에게 혼나면서 옷을 갈아입는다.

나는 준비해 둔 몇 가지 밑반찬을 챙긴다. 씻고, 다듬고, 찢고, 졸이는, 손 가는 반찬들이다. 애비 노릇을 시작한 사위로부터 일찌감치 주문을 받은 것들이다.

주위가 조용하여 돌아보니 어느새 아이들이 엄마를 끼고 잠들어 있다. 근심, 걱정 없는 얼굴이다. 폭풍이 와도, 천둥이 쳐도 깨지 않을 태세다. 그럴 수밖에. 좀 있으면 엄마, 아빠가 번쩍 안아 카시트로 묶어 갈 것이니. 눈 뜨면 자기 집, 자기 침대에 안전하게 눕혀져 있을 터이니. 나도 설거지를 미루고 소파에 앉아 잠시 눈을 붙인다.

수컷으로 살아남기

나의 딸이 아들 형제만 있는 집 청년과 결혼하게 된 것은 숙명일 터였다. 그 집은 집안 전체가 아들이 많은가 보았다. 결혼식 날 가족사진을 찍는데, 드레스를 입은 딸이 무심코 뒤를 돌아본 순간 깜짝 놀랐다고 했다. 장례식장도 아닌데 검정 정장을 한 시커먼 남자들만 우글우글했으니!

부부는 첫 아이부터 딸을 원했다. 사위가 더했다. 그는 자랄 때도 여동생 있는 친구가 부러웠다. 아무리 못생겨도 여동생은 계집아이인 것만으로도 단내가 나는 것 같았다. 그러나 실패했다. 첫 아이는 아들이었다.

둘째 아이 때는 좀 일찍 초음파 검사를 하러 갔다. 불안하고 조바심이 나서 견딜 수가 없었다. 의사가 화면을 한참 동안 들여다보았다.

"안 보이는군요."

고추가 안 보인다는 뜻이었다. 부부는 뛸 듯이 기뻤다. 그 길로 바로 백화점을 가서 분홍색 톤으로 이것저것 유아용품을 샀다. 큰애하고 공용으로 쓸 수 있는 것들도 모두 새것으로 구입했다. 달달한 여자아이한테 나무토막 같은 오빠와 함께 쓰게 할 수는 없었다. 여자아이 전용으로 마련해 주고 싶었다. 목욕통, 파우더까지도 모두 새것으로 장만했다.

한 달 후 정기검사 때였다. 화면을 들여다보던 의사가 손짓으로 부부를 불렀다.

"보이지요? 이제 보이는군요."

손끝으로 아이의 고추를 가리키는 것이 아닌가. 부부는 너무 놀라 주저앉을 뻔하였다. 의사는 눈치가 좀 없나 보았다.

"축하합니다. 아들이군요."

아들 형제만 있는 집에서 자란 남편에다 연년생 아들을 둔 딸의 주부 노릇은 상상을 초월했다. 매일매일이 전쟁터나 다름없었다. 어쩌다 내가 전화라도 하면 딸은 한참 후에나 받았다.

"뭐 해?"

"남 3. 식사."

어느새 딸은 남편과 큰애, 작은애를 숫자로 구분하고 있었다. 대화는 모두 명사 하나로 정리되었다. 설명은 생략되었다. 온종일 먹고, 뛰고, 떠들어대는 아들들은 설명같은 건 듣지 않았다. 하루에도 최소 3번 이상은 쌈박질을 했다.

모처럼 안방에서 딸과 커피를 마시고 있을 때였다. 아이들은 거실에서 놀고 있었다. 잘 놀고 있나 보다 했는데, 갑자기 딸이 급하게 뛰쳐나갔다. 딸은 쉬 돌아오지 않았다. 잔을 놓고 나가보니 희한한 광경이 벌어져 있었다. 아이들은 식탁 위에 놓아둔 계란을 장난감처럼 던지며 놀고 있는 중이었다. 비린내가 온 집 안에 진동을 했다.

때맞추어 퇴근한 사위가 아이들 옷을 벗기고 목욕탕으로 내몰았다. 집안이 떠나가도록 야단을 치고 윽박지르며 목욕을 시키는 동안 딸과 나는 거실을 수습했다. 걸레질을 하다가 마주 보고 웃음을 터뜨리고 말았다. 우리는 과연 짐승을 기르고 있는 건가, 인간을 키우고 있는 건가.

아이들이 잠든 깊은 밤. 딸 부부와 맥주를 한 잔 했다. 온 가족이 힘을 합쳐 대청소를 했건만 집 안 구석구석 계란 비린내가 남아있었다.

"아, 참!"

딸이 어제 오후 학교에 불려갔던 일을 털어놓았다. 둘째 녀석의 짝꿍 엄마가 담임선생님을 찾아와 둘째의 난폭함을 항의했다는 것이었다. 짝꿍 여자아이가 뭐라고 꽁알꽁알 이야기를 하고 있는데 둘째가 큰소리로,

"잘 알지도 못하면서 우기지 좀 마라!"

고 윽박질렀다는 것이었다. 집으로 돌아온 여자아이는 자존심이 상해서 한 시간이나 울었다고 했다. 딸은 짝꿍 엄마에게 백배 사죄했으나 그녀는 둘째가 직접 자기 아이에게 사과해 주기를 요구했다.

"알았습니다. 그런데 우리 아이의 말본새가 이쁘질 않아서 사과 도중 댁의 따님을 또 기분 나쁘게 하지나 않을까 걱정이네요. 손편지를 쓰게 하는 건 어떨지요?"

"그것도 좋지."

이야기 도중 사위가 끼어들었다. 그는 나를 향해,

"수컷들은 수컷들만의 언어가 있거든요. 명령조로 좀 누르고 억압해야 직성이 풀려요. 어렸을 때부터 여형제와 함께 자라면 언어순화가 어느 정도 체화體化되는데 저 녀석들은 사내들끼리라 그게 잘 안 되는 거죠. 억지로 머리를 써서 암기하려니까 어려운 거예요."

'암기'와 '체화'라는 말이 미소 짓게 했다. 얼마나 아름다운 터득인가. 그것은 바로 우리 삶의 조화를 이루는 근본일

터였다. 세상에 왜 남자와 여자가 있겠는가. 꽃과 나무가 왜 있겠는가. 하늘과 땅이 왜 있겠는가.

우리는 어려운 매듭 하나를 푼듯하여 기분이 좋아졌다. 잔을 들어 건배를 했다.

딸이 서랍에서 꽃 봉투를 꺼내왔다.

"내일 별하 주려고~."

둘째의 짝꿍 이름이 별하인 모양이었다. 사위가 꺼내 내용을 읽어보았다. 웃음이 묻어났다.

"수컷으로 살아남기가 만만치 않네요. 말조심도 해야 하고, 손편지도 써야 하고."

이번에는 내가 사위의 잔을 채웠다.

"자네는 어떤가?"

"저야 더 힘들지요. 연년생 아들 둘에, 45kg 별난 여자하고 사는 일이 어찌 쉽겠습니까. 하하."

부동시不同視

"제가 부동시不同視라서요."

계단을 내려갈 때 옆 사람의 팔을 살짝 잡으면서 내가 이렇게 말하면 여러 가지 반응이 나타난다.

"부동시가 뭐죠?"

이렇게 묻는 사람에게는 양쪽 시력의 편차가 심해서 원근과 오르막, 내리막 분간이 어려운 안과 질환이라고 설명한다. 고개를 끄덕이며

"그런 병도 있군요."

하는 사람에게는 다시 남자의 경우 병역 면제 대상이 되는 무거운 병이라고 보태면서 과녁 조준에 장애를 초래하기 때문이라고 하면 금방 알아듣는다.

더러는 부동시의 '같을 同'을 '움직일 動'으로 이해하여

"눈동자가 안 움직인다구요?"

하는 사람도 있어 웃음이 빵 터진 일도 있다. 눈동자가 안 움직이면 죽은 사람이지 산 사람이겠는가.

언젠가부터 고르지 못한 노면에서 자주 넘어지고, 발목을 접지르는 사고가 발생했다. 계단에서도 가끔 발을 헛디뎠다. 밤이 아닌 아침이나 낮에도 그랬다. 나의 부주의로 생각하여 가볍게 넘어갔는데, 한번은 멀쩡하게 서 있는 나무를 온몸으로 들이받아 깁스를 하게 되었다. 정형외과 의사의 소견서를 받아 안과로 갔더니 심각한 부동시라는 결론이 나왔다. 양쪽 눈이 밸런스가 안 맞아 원근과 높낮이 조절에 장애가 있다는 것이었다. 노면이 험하거나 계단을 오르내릴 때는 특히 조심해야 한다는 처방이 나왔다. 옆 사람의 팔을 잡거나 도움을 청하라는 충고도 들었다.

생각해 본다. 하필이면 왜 눈일까. 어쩌면 그것은 나에게 있어 오랜 습관에 의한 징벌일는지도 몰랐다. 나는 태생적으로 문자 중독자였다. 어렸을 때부터 글자를 몸에 묻히고 살았다. 신문이건 책이건 닥치는 대로 읽는 걸 좋아했다. 하다 못해 국수나 과일 봉지에까지 글자만 보이면 코를 박았다. 나는 늘 무언가를 읽고 싶어 안달했고, 결핍과 갈증을 문자에 투사했다. 문자는 나에게 있어 출구였고, 딴 세상이었다.

엄마는 계집애가 문자를 좋아하면 생이 고달프다고 언짢아했다. 오늘날의 부동시를 예상한 걸까.

다시 곰곰 생각해 본다.

나와 내 몸은 어느 쪽이 주인인가. ‘나’ 를 ‘정신’ 이라고 가정할 때 정신이 주인인가, 몸이 주인인가.

젊었을 때는 두말할 필요 없이 몸과 정신의 관계가 원만했다. 정신은 몸을 잘 다스렸고, 몸은 정신을 잘 보필하여 마찰이 없었다. 이제는 다르다. 몸이 반란을 일으키기 시작했다. 하인이 주인을 제치고 안방에 들어앉아 있는 꼴이다. 선수가 감독을 밀어내고 제 마음대로 뛰는 꼴이다. 더는 못 참겠다고, 힘들어 못 해먹겠다고 비명을 지르고, 아우성을 치고 있는 것이다.

난감한 일이다. 나는 성난 몸을 향해 ‘알았어, 알았어’ 타협을 시도한다. 일어날 때와 앉을 때는 허리에 무리가 가지 않도록 조심하고, 보행 시에는 낮은 구두를 신고 가만가만 내디딘다. 몸을 아예 상전 모시듯 한다. 의사의 충고대로 계단을 오르내리거나 험한 길을 갈 때는 일행의 도움을 받기도 한다. 그 또한 쉬운 일은 아니다. 도움을 주는 자와 받는 자의 사이에는 엄연한 괴리감이 존재하기 때문이다.

신문에서 재미있는 기사를 읽은 일이 있다. 한 여인이 폐지를 싣고 가는 리어카 할머니를 도우려고 뒤에서 밀기 시작했다. 손길을 느낀 할머니가 노발대발하면서 밀지 말라고 소리쳤다. 지난번에도 한 청년이 도와준답시고 뒤에서 함부로 밀어 넘어질 뻔했다는 것이었다. 청년이나 여인은 할머니와 입장이 달랐다. 도움이란 이렇게 어려운 것이다.

나의 경우도 마찬가지였다. 딸이 내 손을 잡고 오르막을 오르게 되면 보폭을 못 맞추어 마치 인질을 끌고 가는 모양새가 된다. 아들은 더하다. 손을 잡고 가다가 반가운 친구를 만나기라도 하면 손을 놓고 악수를 하는 순간 나는 버림받고야 만다. 졸지에 나는 약자가 되고, 수혜자가 되어있다. 이 모두가 부동시에서 발생되었다.

김훈의 신작 『하얼빈』이 도착했다. 나는 김훈의 마니아이다. 눈을 생각하면 며칠을 두고 쉬엄쉬엄 읽어야 할 터이지만 김훈에 대한 예의도 아닐뿐더러 자존심이 허락하지 않는다. 걸신들린 듯 새벽까지 한 권을 끝까지 읽고 말았다. 눈이 난리가 났다. 따갑고, 무겁고, 눈물이 배어 나왔다.

작가의 프로필 사진이 나를 응시한다. 그가 묻는다.

"눈은 괜찮으신가요?"

울컥하여 가만히 책을 덮는다.

비극 혹은 희극

인생은 비극일까, 희극일까. 비극 혹은 희극의 기준은 무엇일까.

딸의 갑작스러운 귀국 소식이 날아들었다. 좋은 일이 아니었다. 나쁜 일이었다. 딸은 20년째 유럽을 무대로 오케스트라 활동을 하고 있는데, 청각예민증이라는 병을 얻었다고 했다. 귀가 극도로 예민해져서 너무 잘, 너무 많이 들리는 병이었다. 직업병이었다. 유사시에는 음악을 그만두어야 할 지도 모르는 심각한 위기에 놓여있었다.

나뿐 아니라 한국에 있는 가족 모두는 '청각예민증' 이라는 병에 대해 무지했다. 듣도 보도 못 한 병이었다. 우리는 모두 '귀' 라면 사고가 났거나 나이 들어 잘 안 들리는 병만 알고 있었다. 너무 잘, 너무 많이 들리는 병이라니? 기이하기도 하고 막연하여 어찌할 바를 몰라 허둥대었다.

깊은 논의 끝에 서울 청담동에 있는 유명한 한의원을 주목하게 되었다. 시동생의 노력이었다. 시동생과 고교 동창생인 한의사는 다행히도 고무적인 소견을 내어놓았다. 침으로 신경을 다스려 보자는 의견이었다. 딸은 한의원에서 가까운 시동생 집에 머물면서 침도 맞고 한약도 먹어보기로 했다.

문제는 숙소였다. 딸은 청담동에서 한숨도 못 잤다. 특수 방음장치를 도입하여 잘 지어진 집이었지만 딸의 예민한 귀는 작은 소음도 견디지 못했다.

딸은 하루 만에 용인에 사는 여동생의 집으로 이동했다. 병원까지는 거리가 멀어 제부가 운전해 주기로 했다. 그러나 여기서도 이틀을 버티지 못했다. 천장이 너무 높아 온 집이 울린다는 것이었다. 옆방에서 이야기하는 소리뿐 아니라 부엌에서 물 내리는 소리까지도 메아리가 되어 집 전체에 울려 퍼진다고 했다. 집에서 기르는 고양이 발자국 소리마저도 들린다고 하니 이 일을 어찌할까. 온 가족이 벌을 서듯 화장실 물 내리는 것마저 조심했지만 결국 딸은 한의원 근처 호텔로 옮기게 되었다.

호텔은 그나마 잘 넘어가나 싶었다. 아니었다. 이번에는 늦은 밤까지 복도를 드나드는 발자국 소리와 엘리베이터 여

닫기는 소리가 문제였다. 층마다 도착을 알리는 딩동 소리도 딸의 귀를 자극했다.

고민 끝에 마포에 사는 사위가 새로운 아이디어를 내어놓았다. 자기 집 근처에 있는 미분양 오피스텔을 빌려 보겠다는 것이었다. 모든 것이 빌트인되어 있는 최신형 오피스텔일 뿐 아니라 사람이 살지 않아 조용하다고 했다. 청담동 병원까지는 사위가 운전을 맡겠노라 하였다. 때마침 크리스마스 시즌을 맞아 병원도 며칠 쉴 계획이라 귀가 번쩍 뜨였다. 내친 김에 연말에는 아들이 있는 제주에 모여 가족 송년 파티를 열자는 제안도 나왔다.

하지만 그 모든 것은 뜬구름 잡는 이야기가 되고 말았다. 딸에게 갑자기 독감이 덮친 것이었다. 예기치 못한 복병이었다. 여기저기 옮겨 다니는 사이 못 먹고 못 잔 탓에 몸에 무리가 온 모양이었다. 사위가 호텔에 도착하자 온몸이 불덩이가 된 딸이 문을 열었다. 열이 높고 기침이 심해 귀를 쾅쾅 울리고 있었다. 이비인후과 의사는 중이염을 염려했다. 중이염은 귀에 치명적이라고 했다. 당장이라도 프랑스로 돌아가 주치의의 도움을 받는 게 좋겠다는 소견이 나왔다. 급한 대로 응급조치만 한 딸은 부랴부랴 쫓기듯 한국을 떠나고 말았다.

'인생은 가까이에서 보면 비극이고, 멀리서 보면 희극'이라고 했던가. 연말에 가족이 모여 식사를 하는데 국제전화가왔다. 딸이었다. 걱정 끼쳐 죄송하다는 인사와 함께 기침은많이 잦아들었고, 한의원에서 우편으로 부친 약도 잘 도착했다는 소식이었다.

전화기를 놓은 나는 수저를 다시 들 수 없었다. 귀국했을때와 똑같은 혼란이 왔다. 도대체 딸에게 닥친 이 비극의 정체는 무엇인가. 귀가 좋아 음악을 시작했던 축복은 함정이었단 말인가. 딸을 위해 나는 지금부터 무엇을 할 수 있는가.

"엄마, 그럼 이모는 내 피아노 못 봐주는 거야?"

느닷없이 외손자가 끼어들었다. 초등학생 손자는 한 달후 피아노 콩쿠르에 나가기로 되어있었다. 아이한테는 이모가 되는 딸이 집 근처 미분양 오피스텔에 묵게 되면 아무도몰래 슬그머니 콩쿠르 연습곡을 보여볼 꿈을 꾸었던 모양인데 계획은 수포로 돌아가고 말았다.

부부가 내 눈치를 보며 아이의 입을 얼른 손으로 막았다.속내를 들킨 사위가 너스레를 떨었다.

"청각예민증 환자 한 사람 때문에 일주일 동안 온 서울이들썩거렸네요. 정말 신기해요. 고양이 발자국 소리까지 들린다니 어머니, 상상이 되세요?"

상상 안 된다. 안 되고말고. 삶은 늘 이렇게 비극이었다가 희극이었다가 하는 모양이다. 그러게 비극과 희극은 어깨동무해서 온다고 하지 않던가.

너무 잘, 너무 많이 들리는 고통 때문에 어느 곳에도 머물지 못하고 도망치듯 한국을 떠나야 하는 딸의 상황이나 그 와중에도 아이의 콩쿠르를 들먹이고 고양이 발자국 소리까지 신기한 이 기막힌 현상은 비극일까, 희극일까.

나는 아이에게로 눈길을 돌렸다. 아이는 어느덧 피아노에서 벗어나 새로 산 게임 기구에 몰두해 있었다. 고사리 같은 열 손가락이 요술처럼 게임판 위를 넘나들고 있었다.

손을 들어 가만히 아이의 머리를 쓰다듬었다. 콩쿠르 지정곡이 무엇이었더라, 물어보려다 말았다.

섬

문학단체에서 신안 퍼플섬으로 여행을 떠났다. 전라남도이니 지형상 한반도의 끝에 있는 섬이다. 불과 3~4년 전만해도 신안 사람들조차 잘 모르던 외딴섬이라고 한다. 2019년 마을 전역에 보라색을 입히기 시작하면서부터 인지도가달라졌다. 보라색 꽃을 피우는 청도라지와 꿀풀 등이 많이자생한 데서 힌트를 얻었다고 한다. 다리와 마을 지붕을 온통 보라색으로 칠하고, 보랏빛 유채를 비롯해 라벤더와 아스타국화, 자목련 등을 해안 산책로를 따라 심고부터 섬은 '퍼플섬' 이라는 새 이름을 얻었다. 유엔 세계관광기구(UNWTO)에서도 '세계 최우수 관광마을' 로 선정했다고 한다.

아침 일찍 출발하여 다섯 시간이나 걸려 섬에 도착하니그야말로 천지가 보랏빛이다. '예쁘다' 는 탄성이 절로 나온다. 퍼플 칼라로 도색이 된 긴 다리를 건너니 기분이 상쾌하고 짜릿했다. 바닷바람이 살짝 불어 쓰고 있는 모자가 날아갈까 봐 조심했다.

섬을 한 바퀴 돌기 위해 전동차를 빌렸다. 다섯 명씩 나누어 타고 해안도로를 달리기 시작했다. 날씨가 좋았다. 상큼한 초여름 날씨에 하늘마저 높았다. 바다는 잔잔하고 해안도로는 깨끗했다. 곳곳에 포토존과 나무 의자를 놓아 관광객들이 쉴 수 있게 만들어 놓기도 했다.

잠시 차에서 내려 커피를 한 잔 마셨다. 바다 위에 섬들이 점처럼 떠있었다. 퍼플섬에는 무려 1,004개의 작은 섬들이 있다고 했다. 오는 길에 천사대교를 지나면서 들은 이야기다.

나는 천사대교를 천사가 인간 세계에 내려와 신과 인간을 연결해 주는 다리인 줄 알았다. 아니었다. 1,004개나 되는 섬이 육지를 바라보며 점점이 서있었다. 나는 섬을 향해 손을 크게 흔들었다. 한 번도 인간을 껴안아 보지 못한 1,004개의 무인도가 기다림으로 그 자리에 서 있었다. 육지도 아닌 것이, 바다도 아닌 것이.

울컥, 뜨거운 것이 목젖까지 치밀어 올랐다. 바로 전날 콘서트홀에서 본 딸의 연주 모습이 눈앞의 외로운 섬에 오버랩되었다.

딸은 지금 청각예민증을 앓고 있었다. 너무 많이, 너무 잘 들리는 병이었다. 어렸을 적부터 절대음감을 갖고 있어 축복처럼 바이올린을 시작했는데 어른이 되어 그것이 도로 함정이 될 줄이야!

딸은 현재 프랑스에서 연주 활동을 한다. 오케스트라 활동이란 것이 해외 순회를 기본으로 하는 것인데 치료 중인 예민증으로 외국 활동은 조심하는 상태였다. 이번에는 특별히 한국 순회 연주라 마음이 혹해서 왔다고 했다. 나도 기쁜 속내를 숨길 수가 없었지만, 착각이었다.

막이 오르자 나는 가슴이 철렁 내려앉았다. 딸이 차지한 포지션 때문이었다. 딸은 플루트 바로 앞, 관악이 설치는 자리에 앉아있었다. 집에서는 TV 소리도 줄이는 형편인데, 관악들이 두 시간 동안이나 바로 뒤에서 빵빵거리면 어떻게 한단 말인가! 저런 상태로 다섯 개 도시 순회를 어떻게 소화한단 말인가!

마지막 곡 생상스Saint-Saëns는 최악이었다. 교향곡 3번에서 나는 이미 관객의 입장을 벗어나고 말았다. 피아노까지 가세한 곡은 처음부터 전투적 질주를 예고했다. 도입부를 벗어나자 목관과 금관까지 나서 압도적인 클라이맥스를 구축하더니 종내에는 오르간과 오케스트라가 어우러져 미친 듯이 장렬하고 웅장한 연주를 선사했다. 관객석에서 기립박수가 쏟아졌다.

"앵콜! 앵콜!"

잘츠부르크 출신 지휘자는 만족한 표정이었다. 파트 별로 일일이 관객에게 인사를 시키다가 특별히 관악 파트에 힘찬 박수를 유도했다. 덩치 큰 서양 남자들이 불고 있던 악기를 흔들어 보이며 웃는 낯으로 감사를 표시했다.

나는 눈물이 쏟아졌다. 연주가 좋아서가 아니었다. 딸이 얼마나 힘들었을까 싶어서였다. 청각예민증 환자에게 생상스는 이미 음악이 아닐 터였다. 노동이요, 고문이 아니었을까.

딸이 어렸을 적 내가 딱 한 번 바이올린을 그만두면 어떻겠느냐고 물었던 적이 있었다. 너무 힘들어 보여서였다. 아이는 손톱도 안 들어갔다. '바닷가 어느 중학교 음악 선생을 하더라도 바이올린은 놓지 않겠다' 고 고집을 피우는 통에 더 이상 만류할 수가 없었다.

아이는 음악을 운명처럼 받아들이는 것 같았다. 음악을 두고는 결코 갈등한 적이 없었다. 힘든 유학 생활 중에도 음악을 두고 다른 것과 비교한 적도 없었다. 딸은 왜 음악이 운명일까. 지금 딸에게 음악을 그만두라고 하면 뭐라고 대답할까.

휴식 시간에 잠깐 딸을 만났다. 일행에게서 떨어져 나와 쉬고 있는 중이었다. 외딴섬 같았다. 두 손으로 귀를 싸쥐고 기도하듯 앉아있는 딸의 모습은 무인도처럼 외로워 보였다. 가슴이 미어졌다. 뼛속 깊이 슬픔이 차올라 몸이 부르르 떨렸다. 딸은 정작 멀쩡해 보였다. 활짝 웃으며 달려와 엄마를 깊게 포옹했다.

"걱정 마요. 나 괜찮아."

'섬'은 왜 섬일까. '서다'에서 나온 말이 아닐까. 섬들은 어쩌자고 몸을 바다에 담근 채 하염없이 저렇게 서있을까. 딸은 무엇 때문에 음악 앞에 평생을 서성일까.

퍼플섬에는 또 한 사람의 섬 같은 여인이 있다. 김매금 할머니다. 할머니의 평생소원이 살아생전 섬에서 두 발로 걸어 목포로 나가는 것이었다고 한다. 퍼플교가 생긴 사연이기도 하다. 소원을 푼 할머니는 그 후 어떻게 되었을까. 목포에는 무엇이 있던가.

다시 눈시울이 붉어지려 하는데 사진을 찍던 일행이 상기된 낯빛으로 다가온다.

"온 마을이 퍼플퍼플하네요. 라벤더 철이 오면 대단하겠어요."

아웃 포커싱

'나쁜 놈, 못난 놈, 이상한 놈' 으로 회자되는 이번 대통령 선거는 여간 어렵지 않다. 합동 토론도 열심히 살펴보고 뉴스도 꼼꼼히 챙기지만 마음이 가는 후보자가 없다. 이러해서 못 미덥고, 저러해서 곤란하고, 그러해서 안 내키는 후보자들이 나와 자신들을 찍으라고만 호소하고 있다.

취향이 까다로우냐고? 천만의 말씀이다. 나는 대한민국 백성百姓의 중간쯤 되는 지극히 평범한 서민으로, 그동안 선거 때마다 긍지를 가지고 투표장에 가서 누군가를 정성껏 찍었었다. 확신에 찼던 것은 아니지만 찍을 때는 늘 명분도 있었고, 나름 기분도 괜찮았었다. 그런데 이번은 다르다. 눈을 씻고 찾아봐도 찍고 싶은 사람이 없는 것이다. 어떻게 해야 할까. 기권을 할까.

묘안이 떠올랐다. '아웃 포커싱' 기법을 도입해 보는 것이었다. 아웃 포커싱이란 초점을 잡은 피사체를 강조하기 위해 배경을 최대한 흐릿하게 처리하는 방법으로 피사체만 부각시키고 주변의 자질구레한 것들은 보이지 않게 숨기는 기법이다.

나는 후보자들에게서 그들을 둘러싼 배경을 제거해 보기로 했다. 외모, 학벌, 나이, 정치 환경 등이다. 엄격히 말해 본인과 직접적인 관계가 적은 것들이다. 우선 외모를 보지 않기로 했다. 키가 작건 크건, 얼굴이 잘생겼건 못생겼건 그것은 본인 의사에 반反할 뿐 아니라 나 개인의 취향이 가장 많이 작용하는 부분이기 때문이다. 다음은 나이, 학력, 속해 있는 당을 비롯한 정치환경 순으로 하나씩 지워나갔다. 비로소 사람이 보였다. 잡다한 배경에 가려있던 피사체가 선명히 드러나는 순간이었다.

문제점은 합동 토론에서 나타났다. 통과의례처럼 안보, 경제, 복지를 건드리다가 후보 간의 자질 검증으로 들어가자 어렵게 지운 각자의 배경들이 고스란히 살아나고 말았다. 상대를 향한 비방과 막말에 몰두하다 보니 자신들의 출생, 교육, 가치관들이 여과 없이 드러나는 것이었다. 그동안 표를 의식해 눌러왔던 본성이 호시탐탐 활성화할 기회를 노리다가 상대방의 약점을 낚아챈 순간 봇물처럼 터져 나왔다. 재미있는 것은 출신 배경이었다. 금수저와 흙수저가 확연히 갈라서서 루비콘강을 사이에 두고 삿대질을 해대니 공들여 작업한 나의 아웃 포커싱은 순식간에 물거품이 되고 말았다. '그의 현재가 과거의 그를 편집한다'는 말이 거짓말이 아닌 모양이었다.

이제 나는 아웃 포커싱마저 버리기로 했다. 내가 그토록 외면하고자 했던 그들의 배경마저 결국은 그들 자신의 몫임을 확인했기 때문이었다. 나는 그들의 현재에서 차선次善 혹은 차악次惡을 선택하기로 했다. 어쩌면 나는 그동안 투표장 한 번 가는 것으로 산신령과 같은 대통령을 기대했던 것은 아닐까. 대통령은 신도 아니고 초인도 아닐 것이다. 그저 우리 주변에서 흔하게 볼 수 있는 인물 중에서 아주 조금 나보다 깨어있는 인물이면 충분하리라.

하늘을 찌르는 카리스마도 지도자라는 발광체도 나 스스로가 만들어낸 환상에 불과하다. 대통령(president)이라는 명칭도 회의를 주재한다는 '프리사이드(preside)'에서 나온 말이라고 하지 않던가. 어느 후보자의 말처럼 대통령 또한 국민의 감시가 많이 필요한 고위 공무원에 불과할지도 모른다. 오늘도 TV를 틀면 온통 선거 이야기다. 눈 부릅뜨고 열심히 보고 있다.

3부

가을

세상은 다시

백내장 수술을 앞두고 걱정을 늘어지게 했더니 주위의 비웃음이 만만치 않았다. 60세를 넘긴 사람이라면 흔한 일일 뿐 아니라 입원할 필요도 없는 간단한 수술이라는 것이 중론이었다.

멀리 사는 자식들도 남과 다르지 않았다. 자기들끼리 가족톡방에서 게임하듯 가볍게 엄마 소식을 주고받더니,

"하여튼 우리 엄마 겁 많은 건 질병 수준이라니까!"

흉만 잔뜩 보고 나갔다.

수술이 시작되었다. 의사는 자상하고 친절했다. 겁먹지 말라며 긴장된 내 어깨를 지그시 한 번 눌러준 후 마취주사를 놓았다. 눈 주변을 부분마취한다고 했다. 마취는 일시적

죽음을 의미한다. 이제 나의 눈은 나를 떠났다. 수술실 안에서 무슨 일이 벌어지든 눈은 나와 상관없는 존재가 되고 말았다.

문제는 살아있는 말짱한 정신이었다. 눈이 마취의 세계로 넘어가는 걸 느끼는 순간 나는 우리 몸이 유기체인걸 상기했다. 팔이 부러지면 다리에도 영향이 가고, 목이 아프면 허리까지 불편한 것이 우리 몸이다. '몸이 천 냥이면 눈이 구백 냥' 이라는 그 눈마저도 주사 바늘 하나로 감쪽같이 나를 떠나는데 정신인들 무사할까.

생각은 이어졌다. 나는 새삼 나의 어수선한 주변을 돌아보았다. 이참에 정리를 좀 해둘 필요성이 느껴졌다. 어차피 이 시점에서 내가 할 수 있는 일은 아무것도 없었다. 게다가 아무리 의술이 좋다지만 혹 아는가, 불현듯 나마저도 나를 떠나는 불상사가 일어날지.

머릿속에 달팽이 모양의 지도 하나가 그려졌다. 나를 중심으로 일정 간격을 두고 동그라미를 몇 개 그려 넣었다. 나와 제일 가까운 안쪽은 자식들로 채워야 할 것 같았다. 딸이 먼저일까, 아들이 먼저일까. 톡방에서 시시덕거리는 행태로 보아서는 오십보백보지만 어젯밤 딸은 걱정 전화를 했고 오늘 아침 아들은 금일봉을 부쳤다. 누가 우선일까.

다음 칸은 지인들이다. 편의상 남자와 여자로 나누는 게 좋겠다. 남자들은 대체로 실적이 저조했다. 총론에만 집중할 뿐 디테일에 둔했다. 위로랍시고 한다는 말이 기껏 누구나 알고 있는 나이와 질환의 상관관계만 장황하게 늘어놓다 말았다. 심지어는 수술 후 이튿날부터는 새로운 세계가 보이기 시작할 것이니 오히려 축하할 일이라고 퉁을 치는 사람도 있었다. 모두 맨입이었다.

여자들은 달랐다. 각론을 파고들었다. 구체적이며 섬세했다. 먼저 나의 수술 공포에 적극 공감하는 것부터 남자들과는 차이가 났다. 빠른 회복을 위해서는 무엇보다 잘 먹어야 한다면서 수술 전 냉장고부터 채워주는 것도 달랐다. 제주 사는 며느리는 전복과 갈치를 보내왔고, 아파트 옆집에서는 오색 나물을 볶아다 주었다. 멀리 사는 후배는 연밥을 보내왔고, 함께 글공부하는 문우는 나박김치를 담궈 왔다. 수술과 전혀 관계가 없는 선물을 보내온 선배도 있었다. 원피스였다. 나는 녹색 원피스와 백내장과의 상관관계를 이해하지 못했다. 당사자한테 물었더니,

"정서적으로 위로가 되라고~."

달그락, 달그락.

의사의 칼질 소리가 들려왔다. 기계로 동공을 확장하기도 하고 날카로운 바늘 같은 것으로 꿰매기도 하는 것 같았다.

나는 머릿속으로 지도의 두 번째와 세 번째 칸을 남녀 지

인들로 적절히 배치했다. 기록으로 남겨둘 필요는 없을까. 자식들이 알고 있어야 유사시 식사라도 대접할 텐데. 진즉에 작업을 좀 해둘 걸 그랬나.

통증이 왔다. 마취를 했다고는 하지만 동공을 덮은 흰막을 걷어내는 일이 생각만큼 쉽지는 않은 모양이었다. 미세한 부분이라 더욱 신경이 쓰일 터였다. 나는 꼼짝없이 의사의 포로가 되고 말았다. 눈을 저당잡히는 일은 온몸을 잡히는 것과 같다. 수술은 잘되고 있는 것인가.

뜬금없이 어젯밤 TV에서 본 두 정치인의 치열한 정쟁이 떠올랐다. 대한민국 최고의 엘리트인 두 젊은 정치인의 불꽃 튀는 논쟁이었다. 그들은 마치 자신들이 당 대표가 되지 않으면 당장이라도 지구가 멸망할 듯이 열을 올렸다. 그들의 눈에는 아직도 지구가 자신을 중심으로 돌고 있는 것처럼 보이는 모양이었다. 그들에게 만약 자신의 눈을 통째로 의사한테 맡길 운명이 다가온다면 어떻게 될까.

"끝났습니다. 고생하셨습니다."

의사가 내 어깨를 두어 번 두드렸다.

"힘드셨지요? 수술은 잘되었습니다."

밖을 나오니 대기하고 있던 두 친구가 나를 맞이했다. 이번 수술에서 가장 큰 기여를 한 특급공신들이었다. 오늘 장

시간 수술실 밖에서 얼마나 조바심 내며 기다리고 있었을 것
인가.

　나는 문득 아까 그린 달팽이 지도에서 두 사람을 빼먹은
사실을 깨달았다. 사람이 이렇게 허술하고 이기적이다. 비록
마취상태에서 그렸다고는 하나 특급공신들을 빠뜨리다니
민망한 노릇이 아닐 수 없다. 어찌하랴. 일단 두 사람에게는
비밀로 하기로 했다. 다행히 나도 살고 지구도 멸망하지 않
았으니. 세상은 다시 수술 이전으로 돌아갔다.

쇠제비의 눈물

친구 따라 강남 간다더니 내가 바로 그 꼴이다. 조류생태학에는 문외한인 주제에 안동호 모래섬에 둥지를 튼 쇠제비갈매기를 찾아 따라나선 것이다. 동물 이름에 '쇠' 자가 붙는 것은 그 동물 집단에서 가장 작다는 뜻이다. 쇠제비갈매기는 갈매기과이나 제비처럼 작고 꽁지가 날렵하다고 해서 붙은 이름이다. 몸 길이가 28cm 정도이고, 암수 동형이다.

인솔자는 안동 출신의 일간지 권 기자이다. 그는 10여년 전 고향 방문에서 한 어부로부터 제비 같기도 하고 갈매기 같기도 한 낯선 새들이 안동호를 찾아오기 시작했다는 이야기를 들었다. 그의 기자적 촉이 발동했다. 쇠제비갈매기는 물과 가까운 건조한 모래 위에 둥지를 만들고 산란하는 새다. 바닷가나 강 하구 모래밭에서 작은 물고기를 사냥해 새끼를 기르는 이 바닷새가 왜 안동호 같은 담수호로 번식지를 옮겼을까.

언론과 지자체가 분주하게 움직였다. 한국방송 취재진이 원격 조정 무인카메라를 통해 조사한 결과 낙동강 하구의 대규모 서식지가 쓰레기와 오물로 망가지면서 갈 데가 없어진 쇠제비갈매기들이 새로운 번식지로 이곳을 찾은 것으로 밝혀졌다.

안동시도 발 빠르게 움직였다. 환경부로부터 4억 3000여만 원을 지원받아 쇠제비갈매기 생태탐방 인프라를 구축하는 한편 생태관광자원화 사업을 추진했다.

민간인 차원에서도 가만히 있지 않았다. 안동댐이 축조된 곳에서 배로 15분 거리에 공무원들과 주민이 삽과 호미로 모래를 깔고 잡초를 뽑아 인공섬을 만들었다. 쇠제비갈매기의 새 번식지로 안동호 안에 약 2000㎡ 면적의 모래섬 두 곳이 생긴 셈이다.

인공섬에는 쇠제비갈매기가 수리부엉이 등 천적을 피할 수 있는 은신처와 새끼들이 수면을 오르내릴 수 있도록 경사면도 마련됐다. 그뿐인가. 쇠제비갈매기가 인공 모래섬에 과잉 반응할 것을 우려해 쇠제비갈매기와 똑같이 생긴 모형 12개도 설치했다. 실제 쇠제비갈매기 소리를 내는 음향 장치를 주기적으로 틀어 낯선 환경을 경계하는 것도 방지했다.

권 기자는 보트를 이용해 우리를 인공섬 주변 탐조探鳥용
전망대로 데리고 갔다. 이미 여러 전문가들이 다녀간 모양으
로 각종 쇠제비갈매기의 활동 사진들과 연구 결과물들이 전
시되어 있었다.

그는 우리를 앉혀 놓고 한참 동안 열띤 해설을 했다. 그에
의하면 물가 서식지는 두 가지 약점이 있다고 했다. 첫째는
수위가 높아질 때 둥지가 범람하는 것이었다. 장마철 폭우라
도 내리게 되면 물가의 둥지는 불어난 물에 잠겨버리고 아직
날지 못하는 어린 쇠제비갈매기는 공포와 체온 저하로 죽음
에 이른다.

다음은 안동호에 사는 수리부엉이, 참매, 왜가리, 수달 같
은 다른 포식자가 문제였다. 그중에서도 수리부엉이는 야행
성 천적이었다.

설명을 마친 권 기자는 우리에게 고배율 관찰 망원경을
통하여 인공섬을 관찰하도록 했다. 우리는 모두 받침대에 올
라서서 망원경에다 눈을 붙였다. 세상에나! 인공섬 모래밭에
서는 쇠제비갈매기들이 한가롭게 놀고 있었다. 아기새들이
서너 마리씩 곰실거리며 모여있는 곳에 어미새가 날개를 펼
쳐 품어주기도 하고, 물속에서 갑자기 아빠새가 솟아올라 빙
어를 물어다 주기도 했다. 어미새가 물속 깊이 자맥질한 뒤
물에 적신 몸으로 더위에 지친 새끼의 체온을 식혀주는 장면

도 볼 수 있었다.

우리가 망원경에서 눈을 떼기 무섭게 권 기자는 쇠제비갈매기를 위한 안동시의 새로운 프로젝트를 공개했다. 안동댐 인근에 쇠제비갈매기 조형물을 설치하고 가상세계와 현실 세계를 오가는 쇠제비갈매기 메타버스metaverse센터도 건립할 예정이라는 설명 끝에 문득 생각난 듯이 숨을 고르며 두 손을 모았다.

"최근에는 안동의 시조市鳥인 까치가 유해 조수라는 부정적인 이미지가 있어 안동의 명물이 된 쇠제비갈매기를 시조로 바꾸자는 목소리도 나오고 있다네요."

우리는 잠시 어리둥절했다. 좋은 일인지 나쁜 일인지 선뜻 가늠이 되지 않았다. 쇠제비의 인기가 어느새 시조市鳥를 갈아치우기에 이르렀단 말인가.

점심으로는 권 기자가 직접 끓인 쏘가리 매운탕을 먹었다. 식당에서 재료를 구입해서 물만 부어 끓였다고는 하나 맛이 기가 막혔다. 후식으로 믹스 커피까지 나왔다. 전망대를 에워싼 소나무 사이로 초여름의 시원한 바람이 불어왔다. 우리는 댐을 바라보며 커피를 마셨다.

그런데 일행 중 누군가가 '종種의 위기'를 화제로 올렸다. 신문에서 쇠제비갈매기가 올 1월 환경부로부터 멸종위기 2

급으로 지정되었다는 기사를 읽었다고 했다. 쇠제비갈매기는 해마다 4월에서 7월 사이 호주에서 1만km를 날아오는 대표적인 여름 철새다. 쇠제비갈매기 최대 서식지였던 낙동강 하구는 매년 최대 6천여 마리씩 찾아왔지만, 2010년대 들어 개체 수가 30마리 밑으로 급감했다.

원인은 인간에게 있었다. 일부 몰지각한 산악 오토바이 이용자는 쇠제비갈매기의 서식지에서 오토바이를 타고 질주하면서 둥지를 파손하는 사례도 있었고, 사진 동호인들은 사진을 찍으려는 욕심에 새끼가 둥지 밖으로 나가지 못하도록 모래를 쌓거나, 밖으로 나간 새끼를 손으로 집어 다시 둥지 안에 집어넣기도 했다. 심지어 새끼가 도망가지 못하도록 줄로 다리를 묶어놓고 사진을 찍는 경우도 있었다고 하니 이 일을 어찌할까.

이야기를 듣다 보니 나에게도 아픈 기억 하나가 떠올랐다. 다문화가정 주부들에게 한국어를 가르칠 무렵이었다. 한국 남자와 결혼한 일본, 중국, 태국, 베트남 여성들이 주류를 이루었다. 그중에 미모가 뛰어난 캄보디아 여성이 있었는데, 남편이 한국어 습득을 극구 반대했다. 이유를 물으니 한국말을 익히는 순간 '손을 타기 시작한다'는 것이었다. 나는 인내심을 가지고 남편을 대상으로 설득작업을 벌였으나 먹혀들지 않았다. 남편은 가는 곳마다 아내를 데리고 다니면서 사진도 찍고 자랑은 하면서도 그녀가 한국문화 속으로 들어오는 길은 강력히 막았다. 자기만의 소유로 여겨 자기만의 이기적 방법으로만 아내를 사랑한 것이었다. 결국 그녀는 1년이 못 가 심한 우울증으로 스스로 목숨을 끊고 말았다. 그녀의 눈물을 누가 알까. 남편인들 이해했을까.

해가 뉘엿뉘엿 지려고 하여 우리는 전망대에서 자리를 떴다. 약속이나 한 듯 마지막으로 망원경에 한 번씩 눈을 가져갔는데, 인공섬의 새들은 어여쁘고 평화로웠다. 이제 두어 달 후면 새들은 1만km를 날아가 고향인 호주, 뉴질랜드에 고단한 몸을 누일 것이다. 그때까지 눈물 없이 잘 살아남기를. 내년 이맘때면 다시 만날 수 있기를.

무

무를 좋아한다. 장을 보면 시도 때도 없이 무를 산다. 값이 싸서도 사고 싱싱해서도 사고 때깔이 좋아서도 산다. 다글다글 볶아서 나물도 해 먹고 가늘게 채 썰어 생채 무침도 해 먹는다. 골패만 하게 썰어서 깍두기도 담고 나박나박 얇게 썰어 나박김치도 담는다. 배추김치를 담글 때도 무는 한몫한다. 굵직하게 네댓 토막 내어 기둥처럼 대충 박아 놓는다. 보기만 해도 믿음직하고 든든하다.

여자에게는 음식이 권력일 때가 있다. 새댁 때 나는 밥도 못 하는 애송이었다. 교실에서 바로 시댁으로 옮겨갔던 것이었다. 시할머니까지 계시는 대가족이었다. 좌충우돌, 바람 잘 날 없던 시집살이 중에 명절이 다가왔다. 아침 일찍 큰댁으로 파견되었다. 제사 준비에 투입된 것이었다. 시어머니도 걱정이 되었던지 심부름하는 봉순이까지 딸려 보냈다.

큰댁에는 나와 동갑인 시누이가 있었다. 졸업과 동시에 대책 없이 결혼부터 덜컥 한 나와는 달리 사범대학을 나와 조신하게 발령을 기다리는 중이었다. 대청마루에 따로 석유 곤로를 차고 앉더니 전을 부치기 시작했다. 어찌나 날렵하게 전을 잘 부치던지 10년쯤 살림을 살아온 주부 같았다. 나는 기가 팍 죽었다. 위축되었다. 시누이가 하늘처럼 우러러 보였다. 마루 끝에 앉아 봉순이를 도와 콩나물을 다듬기 시작했다. 큰어머니가 말렸다.

"아서라. 손에 비린내 밸라. 무나 좀 썰어보든지."

졸지에 도마와 칼이 내 앞에 놓였다. 커다란 무가 도마 위에 얹혔다. 봉순이가 걱정스러운 눈으로 나를 보았다. 사고는 오래 걸리지 않았다. 칼이 무의 몸에 닿는 순간, 반 토막난 무가 마당으로 튕겨 나갔다. 그때의 그 난감함이라니! 나는 깨달았다. 결혼까지 한 여자가 무도 제대로 못 다루는 건 치명적인 결함이었다.

무 음식 중에는 무말랭이무침을 빼놓을 수 없다. 첫 수필집을 냈을 때 선배 수필가가 점심을 사주었다. 헤어질 때 손수건으로 싼 반찬 그릇을 내밀었다. 무말랭이무침이었다.

"올해는 가을 무를 좀 많이 말렸어. 맵지 않고 달큰해서 먹을 만할 거야."

선배의 그 '가을 무' 부분은 오랫동안 내 머릿속에 남아있었다. 나는 무에도 계절이 있는 줄 처음 알았다. 선배는 무를 두고도 나보다 한 수 위라는 생각이 들었다. 나는 선배가 준 무말랭이를 아껴가며 먹었다. 마지막 양념 한 톨까지 혀로 핥아 먹었다.

무 못지않게 시퍼런 무청도 좋다. 늦가을 혈혈단신 광야에 선 청년처럼 무에 붙어있는 무청을 보면 베토벤의 〈영웅〉이 들리는 듯하다. 무청은 무의 자부심이다. 무는 한껏 무청을 자식처럼 치켜든다. 아들을 목마 태운 아비처럼 보인다. 목마를 탄 무청은 세상 두려울 것 없다는 듯이 기세등등하다.

튼실한 무청을 달고 있는 무를 싱크대 위에 올려놓는다. 집 안이 그득하다. 도마도 큰 것으로 꺼내야 한다. 칼도 묵직한 것이 좋다. 무청을 자르니 단물이 주르르 흐른다. 무청은 무의 생명줄일 터이다. 가을 내 서로를 꽉 붙잡고 있다가 이제는 때가 되어 이별을 한다.

팔공산 밑에 남편 몰래 땅을 사둔 후배가 있었다. 퇴직 후 농막이나 지어서 조용히 살고 싶었다. 비밀을 토로했을 때 남편의 반응은 의외였다. 감동할 줄 알았던 남편은 심드렁했다.

"괜한 짓 했네. 나는 이제부터 여행이나 다니려고 하는데."

밥이나 먹자고 초대받아 갔을 때는 듣던 바와 달랐다. 넓은 밭에는 이것저것 채소가 심어져 있었고, 살평상 위에는 고추가 널려있었다. 어린 손주들이 밭고랑을 뛰어다니며 노는 모습에 밭일하던 후배 남편이 '넘어질라' 주의를 주었다.

점심으로 삼계탕이 나왔다. 오밀조밀한 밑반찬 속에서 특이한 장아찌가 눈에 띄었다. 무청장아찌였다.

"이거 이이가 수확한 무청이거든요. 장아찌 담갔더니 다들 잘 먹네요."

우리는 연신 무청장아찌로 젓가락을 옮겼다. 몸통에서 떨어져 나와 다소곳이 콩 간장에 스며든 장아찌였다. 짭조름하고 담백하여 어른, 아이 먹기에도 나쁘지 않았다. 후배 남편이 어깨를 으쓱했다.

"입에 맞으시면 한 통 드릴게요. 말린 무시래기도 좀 가져가세요."

이른 아침 냉장고에서 무를 꺼낸다. 늦은 밤 도착한 딸네 식구들을 위해 생채무침을 만들 참이다. 사위가 특히 무생채

무침을 좋아한다. 고추장 양념 국물까지 깔끔하게 숟가락으로 떠먹으며 '칼칼하네요.' 엄지를 척 들어 보인다.

도마 위에 무를 올려놓는다. 칼을 대자 무가 납작 몸을 숙인다. 새댁 시절 반항하여 마당으로 구르던 무가 아니다. 세월이 우리 둘을 담합시켰다. 가늘게 채 썰어 매운 양념으로 조물조물 버무린다. 미나리도 몇 올 슬쩍 보태고, 통깨도 솔솔 뿌려준다. 새콤달콤 완성된 무생채무침을 맛보며 커튼을 활짝 열어젖힌다.

착각

패닉이다. 대한민국 제2 선출직이라는 서울 시장의 자살 소식이다.

나는 그와 일면식도 없는 지방도시의 평범한 시민이다. 무슨 대단한 이념론자도 아니며, 그의 정치적 지지자는 더욱 아니다. 그럼에도 그의 죽음이 이렇게 충격적인 것은 사인死因이 여비서의 성추문 고소 사건이라는 의혹 때문이다. 비서는 그에게 무려 4년 동안이나 성추행을 당했다고 고소를 한 것이다.

뉴스를 접하자 나는 심한 배신감으로 맥이 탁 풀렸다. 기분이 나빠졌다. 그가 누구인가. 인권 변호사이고, 성평등 운동가이며, 자칭 타칭 21세기의 페미니스트가 아닌가.

그는 정계에 입문하기 전부터 인권 변호사와 사회운동가로 활동했다. 한국의 시민운동을 대표하는 인물 중 한 사람으로서 참여연대를 설립했고, '아름다운 재단' 과 '아름다운 가게' 를 운영했다. 나눔 운동의 실천이었다.

그는 서울대 우 조교 성희롱 사건과 부천 권인숙 성고문 사건에서 피해자를 변론했다. 여성 국제 전범 법정에서는 일본군 위안부를 위한 대한민국측 검사이기도 했다.

그는 특히 남성의 무책임한 성인지감수성을 꼬집어 우 조교 성희롱 사건 고소장에 '호숫가에서 아이들이 장난 삼아 던진 돌멩이로 개구리는 치명적인 피해를 입는다' 는 말을 남긴 일화로도 유명하다.

그에 앞서 성추문 사건에 휘말린 동료 정치인을 두고는 '남자로서 인간으로서 서울시장으로서 무거운 책임감을 느낀다' 고 말했고, 진실은 영웅 한 사람의 의지만으로는 밝혀질 수 없다면서 미투운동이야말로 용기 있는 행동이라고 추켜세웠다. 그렇게 높고 훌륭한 생각을 가진 그가 왜 자신이 그토록 죄악시한 성추문에 휘말려 스스로 생을 마감했단 말인가?

제자와의 성추문에 말린 L의 남편이 생각난다. 미술대학 교수였는데, 작업실에서 단서를 잡은 L이 정리를 하라고 간곡히 호소했으나 남편이 말을 듣지 않았다. 결국 대학본부에

알려지고 제자의 부모까지 나서 파면에 이르게 되자 남편이 했다는 말이 기가 막혔다. '괜찮을 줄 알았다' 는 것이었다. 제자와의 불륜이 어떻게 괜찮으냐는 아내의 추궁에 교수라는 남편이 하는 말이 '여태껏 괜찮아 오지 않았느냐' 였다고 했다.

괜찮을 줄 알았다. 괜찮아 오지 않았느냐. 이것이 해답이었다. 나는 L의 남편에게 묻고 싶었다. 여동생이나 딸에게 그런 일이 생겨도 괜찮으냐고. 여동생이나 딸이 지도교수에게 그런 일을 당해도 괜찮으냐고. 나는 끝내 묻지 못했다. 그는 파면당했고, 그들은 결국 이혼을 했기 때문이다.

모든 인간은 다면적이다. 죽을 때까지 누군가에게 설렘을 가질 수 있다면 그것은 축복일 것이다. 공정한 조건에서 발생하는 사랑의 감정이기 때문이다. 그것마저 법이나 도덕이 금하는 것은 바람직하지 못하다.

성추행은 다르다. 그것은 엄연한 범죄행위다. 자기 잠깐 기분 좋으려고 평생을 통해 남에게 씻을 수 없는 상처를 주는 행위다. 서울시장 역시 다른 사람의 성추문에는 남자로서, 인간으로서 부끄러움과 수치심을 느낀다고 말하지 않았는가. 그렇다면 자신의 경우는 예외란 말인가.

그는 혹 자신을 신의 경지에 올려 놓았는지도 모를 일이다. 아니면 스스로 황제인 양 착각했을 수도 있겠다. 황제는 인간이되 수치심이나 부끄러움이 없기 때문이다. 문득 떠오르는 장면이 있지 않은가. '괘념치 말거라' 그의 선배 성추행자가 했던 말이다. 온 세상이 떠들어도 나 정도 되는 남자는 예외일 터이니 괘념치 말거라. 너 정도나 되니까 나의 손이 뻗은 것이니 가문의 영광으로 알고 괘념치 말거라.

그의 평소 소망은 삶의 현장에서 열심히 일하다 결연하게 쓰러지는 것이었다고 한다. 그다운 발상이다. 별명마저도 워커홀릭이었으니 성추문 사건만 없었으면 가능했을 것이다.

그는 '아름다운 재단'을 통해 언론과 연대해서 온갖 아름다운 사회적 사업을 실천하였다. 무슨무슨 운동과 훌륭한 사업들을 벌여 기부문화의 대중화를 시도했다. 남긴 재산마저도 집 한 채 없이 빚만 6억이라니 얼마나 청렴하고 아름다운 일인가.

그러나 그 모든 빛나는 것들은 성추문이라는 그림자에 가려 맥을 못 추게 되어버렸다. 저승에 가서도 허겁지겁 기자회견부터 해야 할 판이다.

"왜 그러셨습니까?"

"괜찮지 싶어서."

공항에서

제주 공항이었다. 주말 여행이었다. 비행기에서 내린 일행들이 짐을 기다리는 중이었다. 나의 가방은 달랑 기내용 하나뿐이었다. 짐을 최소한으로 줄여야 하는 사정 때문이었다.

서너 달 전부터 오른쪽 어깨가 말썽을 부리고 있었다. 근육에 물이 차고 염증 증세도 보였다. 주사도 맞고 치료도 열심히 했건만 차도가 없었다. 의사는 여행에서 돌아오면 수술을 고려해 보자고 말했다.

짐 찾기는 시간이 좀 걸릴 모양이었다. 주말이라 여행객이 많은 탓이었다. 일행들은 국내 여행인데도 짐이 많았다. 나처럼 아프지도 않고 마음이 무겁지도 않은 그들은 수학여행이라도 온 청소년들처럼 즐거워 보였다. 코로나의 연장으로 해외여행이 제한되다 보니 모처럼의 제주도 나들이에 숨통이 트이는 모양이었다.

나는 아픈 팔을 왼손으로 만지며 한쪽 구석에서 그들을 기다리고 있었다. 어깨 통증이 오른쪽 팔 전체로 내려오는 것이 느껴졌다. 난감했다. 24시간 내내 몸 어딘가의 통증을 견딘다는 것은 유쾌한 일이 못 되었다. 나는 어금니를 지긋이 문 채 통증과 씨름하고 있었다. 가방에서 물을 꺼내 진통제를 한 알 삼켰다.

화장실에나 다녀올까 두리번거리다가 유리문을 본 순간 얼어붙고 말았다. 매직으로 커다랗게 쓰인 문구 때문이었다. 밖을 향한 유리문에는 이렇게 쓰여있었다. '이 문을 나가시면 다시 들어오실 수 없습니다'

물론 그것은 전혀 특별하지 않은 문구였다. 어느 공항에서나 흔히 볼 수 있는 일반적인 것인 데다가 심지어는 한글로 쓰여 있었다. 나는 아마 그동안 수십 번 그 문구를 접해왔을 터였다. 짐을 찾은 고객이 밖으로 나가기 전 빠뜨린 물건이 없도록 안내하는 내용이었기 때문이다.

그런데도 나는 순간 섬뜩함을 느꼈다. 번개를 맞은 듯 등줄기가 오싹해졌다. 들고 있던 핸드폰마저 떨어뜨리고 말았다. 저 문밖에는 대체 무엇이 있기에 다시 들어올 수 없다고 하는가. 저 문이 이승과 저승의 경계라도 된단 말인가. 문을 열면 바로 요단강이라도 넘실거리고 있단 말인가. 저승사자가 창을 메고 기다리고 있다는 뜻인가.

예기치 못한 황당한 상황에 나는 몹시 혼란스러웠다. 죽음이 어딘가에서 나를 엿보고 있는 것 같았다. 나는 그동안 한 번도 죽음을 가까이해 본 적도 없고 구체적으로 생각해 본 적도 없었다. 그것은 우리 삶의 한 프로젝트로서 나의 손이 닿지 않은 그 어떤 과정, 불가사의한 시스템의 일환일 거라고만 생각해 왔다. 이를테면 '아무도 모르는 것'이 나의 죽음론이었다. 모르고말고, 아무도! 그것이 어디 특별한 어느 천재가 밤을 새워 고민한다고 해서 강물에 보름달 뜨듯 명쾌하게 답을 내어놓을 수 있는 문제이던가! 21세기를 쥐락펴락하던 스티브 잡스조차도 속수무책이 아니던가.

나는 오히려 죽음의 실체를 4,500여 년 전 우루크의 왕 길가메시에게서 본다. 반신반인으로 태어난 길가메시는 타고난 오만으로 시간의 법칙을 인정하지 않았다. 늙음이나 죽음을 받아들이지 않았다는 뜻이다.

그런 그가 전쟁 통에 눈앞에서 친구가 죽자 충격을 받고 불사, 불로의 명약을 찾아 헤맨다. 가까스로 불로초를 구하지만, 그가 잠든 사이 뱀이 그것을 먹어버리고 만다. 반신반인의 길가메시 위에 뱀이 도사리고 있을 줄 누가 알았겠는가.

인간은 누구나 죽음에 관한 한 지극히 개인적이다. 내가 유리창에 붙은 문구 하나에 충격을 받은 것도 사실은 느닷없다. 무슨 대단한 중병에 걸린 것도 아니고 사고가 난 것도 아닌데 유리창에 쓰인 문구 하나에 충격을 받다니?

어쩌면 나는 유약하기 짝이 없는 겁쟁이인지도 몰랐다. 수술하자는 의사의 말에 지레 겁을 먹고 위축되었을 수도 있었다. 내가 만일 건강에 지장이 없는 상태에서 유리문에 쓰인 그 문구를 보았다면 예전처럼 아무 생각이 없었을 것 아닌가. 제풀에 놀라 저 스스로 섬뜩해져서 요단강과 저승사자를 불러들이지 않았을 것 아닌가.

화장실을 나와 핸드크림을 바르고 있으니 짐을 찾은 일행들이 다가온다. 얼굴들이 환하다. 약은 먹었느냐고 묻지만 걱정하는 표정들이 아니다. 짐 찾는 동안의 나의 혼란을 눈치챌 턱이 없는 것이다. 일행 중 한 사람이 제 짐도 무거울 텐데 내 가방까지 낚아챈다.

"빠뜨린 거 없지요? 저기 나가면 다시는 못 들어온다고 써 있네요."

존엄과 치욕

존엄과 치욕은 인간에게만 나타나는 감정표현이다. 그 어떤 아름다운 꽃도 하늘을 나는 새도 존엄에 상처를 입어 치욕을 느꼈다는 소리는 듣지 못했다. 그것은 빛과 그림자의 관계다. 앞면과 뒷면이다. 덧셈과 뺄셈이기도 하고, 곱셈과 나눗셈이기도 하다. 어렵지도 않지만 쉬운 문제도 아니다. 멀리 있는 듯하지만 뜻밖에도 가까이 있다.

70~80년대를 주름잡던 만화가 중 안의섭이라는 작가가 있었다. '두꺼비' 라는 별명을 가진 그는 만화뿐 아니라 산문도 잘 썼는데 지금도 잊히지 않는 글이 있다.

카투사 시절, 그는 업무 차 미군 장교의 방을 방문한 일이 있었다. 노크를 하자 '컴 인' 해서 들어갔는데 장교는 없고

그의 미국인 부인이 있었다. 옷을 갈아입는 중으로 알몸에
가까웠다. 남편인 줄 알고 '컴 인'을 했던 모양이었다. 안의
섭은 당황하여 '쏘리, 쏘리'를 연발하며 방을 나오다가 마침
방을 들어서는 장교와 마주쳤다. 장교는 웃으며 그가 들고
간 서류에 사인을 했고, 그는 바로 방을 나왔다.

여기서 안의섭은 의아한 생각이 들었다. 미국인인 그들도
젊은 부부였고, 안의섭도 군인이었으니 당연히 청춘이었다.
알몸에 가까웠던 백인 여자는 안의섭이 들어갔을 때 왜 부끄
러워하지 않았는가. 남편인 줄 알고 '컴 인'을 했다면 왜 당
황하지 않았는가. 그 장면을 다 보고도 미군 장교는 왜 화내
지 않았는가.

이것은 문화의 문제가 아니라고 안의섭은 말했다. 인간
존엄과 치욕의 문제라고 그는 해석했다. 그들의 눈에는 안의
섭이 자신들과 동등한 인간으로 보이지 않았던 것이었다. 심
지어는 동등한 남자로도 여겨지지 않았던 것이었다.

강아지나 고양이가 옷 갈아입는 중에 방에 들어왔다고 해
서 부끄러워하거나 당황하는 여자가 있겠는가. 벌거벗은 아
내의 방에 닭이나 오리가 들어왔다고 해서 화내거나 흥분할
남자가 있겠는가.

이번에는 나의 이야기를 해보려 한다. 건강검진 결과 당

화혈색소가 기준치(6.3)보다 약간 높게(6.4) 나왔다. 의사는 당뇨를 조심해야 한다고 말했다. 나이도 있는 데다 외부 활동도 많아서 식이요법에 특히 신경써야 한다고 말했다. 나는 알았다고 대답했는데, 문득 궁금한 것이 있었다. 규칙적인 식사에 과식도 안 하며, 야채 과일을 즐겨 먹는데 무엇을 어떻게 조심해야 하는지 의문이었다.

"사과는 얼마나 드시는데요?"

"한 개요."

의사가 결과지에다 '사과 반 개' 라고 적었다.

"귤은요?"

"세 개요."

의사가 다시 결과지에다 '귤 한 개' 라고 적었다. 그는 '사과 반 개' 와 '귤 한 개' 앞에 형광펜으로 별표 표시까지 하더니 내게 건넸다.

결과지를 찍어 가족 단톡방에 올리며 내가 말했다.

"의사 눈에는 환자가 인간으로 안 보이나 봐. 고장 난 라디오 정도로 보이는 것 같아."

아들이 대답했다.

"왜 그러시는데요? 친절하고 자상한 의사구먼요."

"인간이 어떻게 사과 한 개도 못 먹고 귤 세 개도 못 먹고 살 수 있어? 입원 환자도 아니고 수술 날짜 잡아놓은 환자도 아닌데?”

딸이 나섰다.

“하루에 귤 세 개가 아니라 한 번에 귤 세 개겠지요.”

“아닌데? 하루라고 한 것 같은데?”

갑자기 우리는 ‘하루에 세 개’와 ‘한 번에 세 개’를 두고 당파싸움을 하듯 논쟁을 벌이다가 내가 버럭 소리를 지르고 말았다.

“결국 이건 인간 존엄에 관한 문제야. 아무리 의사라도 환자에게 사과 한 개도 못 먹게 하고, 귤 세 개도 못 먹게 하는 것이 인간에 대한 예우겠느냐고!”

엄살이 아니다. 미군 장교가 안의섭을 자기와 ‘다른 인간’으로 보았듯이 의사 역시 나를 ‘다른 종족’으로 본 것이다. 의사와 환자가 어떻게 다른 종족인가. 의사는 평생 환자가 되지 않을 종족인가. 자기 같으면 사과 반 개만 먹고 귤 한 개만 먹고 살겠는가.

안의섭과 나는 인간 존엄에 손상을 입었다. 치욕을 느낀 것도 부인할 수 없었다. 그런데 이걸 누가 공감해 줄까. 나의 경우 아무도 내 편은 없었다. 며칠 후 아들로부터 적선하듯 택배로 귤 한 상자가 배달되었을 따름이었다. 자식들은 내가 귤 때문에 화가 났다고 생각한 모양이었다.

시간을 넘어

　퇴직 후 눈에 띄게 달라진 점이 있다면 시간 개념일 것이다. 이젠 하루를 시간대별로 쪼갤 필요가 없어졌다. 초기에는 오전과 오후로 나누다가 그다음에는 2, 3일로 구분하다가 언젠가부터는 일주일 단위가 되어버렸다. 날짜라는 숫자에 둔감해진 것이다. 누가 식사라도 하자고 하면 '몇월 며칠'보다는 '요일'이 편리하다. '이번 주 금요일 저녁'이라거나 '다음 주 수요일 점심'이 좋겠다는 식이다.

　놀라운 것은 시간의 속도이다. 얼마나 빨리 지나가는지 도둑 맞은 기분이다. 월초가 엊그제 같은데 어느새 월말이다. 누구던가, 10대에는 시속 10kn로 가던 시간이 70대에는 70kn로 달린다고 하더니 빈말이 아니다.

휴가를 맞아 서울에 사는 딸네 가족이 왔을 때도 시간이 등장했다. 이게 몇 개월 만인가. 주책맞게도 나는 좀 흥분했다. 다섯 살, 여섯 살의 연년생 외손자들을 보니 훌쩍 커버린 녀석들이 대견하기 짝이 없었다. 손을 잡으며 '많이 컸네' 했더니 작은놈이

"우리가 자꾸 크면 할머니는 죽지요?"

사위가 깜짝 놀라 어찌할 줄을 모르는데 이번에는 큰놈이

"어른한테는 죽는다고 하는 거 아니야. 돌아가신다고 해야지."

한바탕 웃음이 터지고 말았다. 기특한 녀석들. 어느덧 생각이 시간에 닿았는가.

나 역시 최근 들어 시간의 양면성을 주목하기 시작했다. 시간에도 앞면과 뒷면이 있다. 앞면은 머리카락이 수북해서 누구라도 벌떡 일어나 내 것으로 움켜쥘 수가 있다. 뒷면은 다르다. 민머리이다. 아무리 잡으려 해도 잡히지 않는다. 손을 뻗으면 뻗을수록 바람처럼 달아난다. 누구라도, 무엇으로도 붙잡을 수 없는 것이 시간의 뒤통수이다. 솔로몬이나 칭기즈칸이 살아 와도 불가능하다.

비록 우리는 지금 함께 웃고 있지만 시간과 행선지가 다르다. 손자 녀석들은 시간의 머리카락을 붙잡고 미래를 향해 달리고 있다. 내 앞에는 민머리가 된 시간의 뒤통수가 어정

거린다. 잡으려 하면 달아나고 외면하면 힐끔거린다. 나는 이미 그것이 다른 세상의 시그널인 줄 눈치챘다.

그곳은 어떤 곳일까.

누구도 다녀온 사람이 없으니 물어볼 데가 없다. 내비게 이션도 안 되고 경찰서에 문의해도 가르쳐 주지 않는다. 그 곳은 한 번 가면 돌아올 수가 없는 곳이다. 원 웨이One Way다. 부활하신 예수께서도 그곳이 어떤 곳이라는 언급은 없으셨 다. 그를 따르는 신도 중 '천국'을 말하는 사람들은 있으나 동영상도 CCTV도 없으니 믿을 수가 없다.

수상한 것은 천국을 맹신하는 그들조차도 '그렇게 좋으면 지금이라도 당장 보따리 싸는 것이 어떠냐'고 제안하면 화 들짝 놀라 양손을 내젓는다고 한다. '개똥밭에 굴러도 이승 이 낫다'는 말을 들먹이는 걸로 보아 그곳은 추측하건대 인 기 있는 명소는 아닌 모양이다.

내가 죽으면 손주 녀석들은 할머니의 부재를 어떻게 받아 들일까. 인수분해 풀 듯이 명쾌하게 '없음' 정도로 인식하거 나 죽음을 삶의 한 과정쯤으로 이해할는지도 모른다. 꽃이 지면 잎이 나듯이, 아침이 가면 밤이 오듯이, 해가 지면 달이 뜨듯이.

나쁘지 않다. 좋은 일이다. 그러면 나는 어찌해야 할까. 나는 무엇을 선택할 수 있을까.

죽음에는 오래전부터 외할머니가 나의 롤모델이다. '산부처' 라는 별명을 가진 외할머니는 병원도 요양원도 가지 않으셨다. 사흘 꼬박 곡기를 끊더니 지푸라기 사그라들듯 그렇게 가셨다. 우리 모두가 지켜보는 가운데 평온하게 가셨다.

나는 정황상 병원에서 죽음을 맞이할 확률이 높다. 딱 한 가지 소원이 있다면 죽는 날을 민주적으로 가족들과 논의해서 내가 선택하는 일이다. 시점은 머잖아 인간으로서의 존엄을 포기해야 할 것 같은 예감이 드는 순간이다. 내 손으로 식사도 할 수 없고 화장실도 혼자 갈 수 없을 것같이 판단되는 어느 한때가 좋겠다.

나는 이승에서의 마지막 인사로 고마웠던 모든 사람들에게 밥 한 끼를 참하게 대접하고 싶다. 의사가 허락한다면 화장도 곱게 하고 좋은 옷으로 차려입고 일일이 술 한 잔도 따르고 싶다. 허물이 많은 사람이니 즐거웠던 이야기 도중 실수담 같은 것도 재미있지 않을까. 간간이 낮은 웃음소리가 나도 좋으리라.

다음 날 아침 계획대로 나의 부고를 접한 이웃들은 잠시 슬픔에 잠길 수도 있을 것이다. 그러나 곧 일상으로 돌아갈 것이다. 공기는 맑고 하늘은 여전히 푸르며, 꽃도 변함없이 피어날 것이다. 전날 비가 왔다면 무지개가 뜰 수도 있으리라.

손주 녀석들은 국어 시간에 익힌 '돌아가셨다'는 높임말로 할머니를 잠깐 그리워하거나 영어시간에 배운 'Passed Away(사라지셨다)'라는 세련된 단어로 할머니를 기릴 것이다. 가족들은 하늘을 우러러 손을 흔들며 구름 뒤에서 펄럭이는 나의 치맛자락을 향해 아듀를 고할는지도 모르겠다.

갈대

나이 듦에 특이사항 중 하나는 '편안함'이 아닌가 한다. 옷이든 신발이든 가볍고 편한 것을 선호한다. 딸네 집에 가서 저녁 먹으러 나가는데 천 가방을 들었다가 핀잔을 들었다. 사드린 가방은 다 어떻게 하고 시장 가듯 헝겊 가방을 들고 나서느냐고.

물건뿐이 아니다. 복잡한 얘기는 잘 못 알아듣는다. 멀쩡한 귀를 두고도 상대편이 조금만 길게 설명하면 헷갈리기 시작한다. 나 필요한 만큼만 이해하고 나머지는 버린다. 생각도 마찬가지다. 동시에 두 개 이상의 과제는 소화를 못 한다. 지속적이지도 못하다. 용량만큼만 생각하고 나머지는 포기한다.

모임에서 기름값 인상이 화제에 올랐던 적이 있었다. 옆 사람에게 휘발유와 경유가 어떻게 다르냐고 내가 물었다. 지나가듯 가볍게 물었을 뿐이었는데 질문을 받은 사람이 너무나 전문적으로 설명을 하는 바람에 후회되었다. 초등학생이 대학교수의 강의를 듣는 것 같았다. 우리 중 아무도 내용을 이해하는 사람이 없었다. 시간이 갈수록, 설명을 할수록 우리는 점점 더 어려워졌다. 마침내 내가,

"그러니까 휘발유가 경유보다 더 좋은 거군요."

했더니,

"아니, 그렇다기보다~."

원점으로 돌아가 다시 설명을 시작하는 바람에 우리는 결국 휘발유와 경유의 차이점을 이해하는 데 실패하고 말았다.

갈대 이야기로 넘어가 보자. 나이 든 사람에게 갈대는 묘한 공감을 일으킨다. 젊은 날에 꽃에 홀리듯 중년을 넘긴 나이에는 갈대가 친숙하다. 속을 비운 갈대가 바람에 흔들리는 것을 보면 어쩐지 나를 보는 것 같기도 하다.

올가을에는 모임에서 순천만에 가게 되었다. 갈대가 무리를 지어 은갈치처럼 번뜩이며 우리를 반겼다. 800여만 평의 끝이 안 보이는 갈대밭에서 우리는 잠시 나이를 잊었다. 일행 중 한 사람이 갈대와 억새가 어떻게 다르냐고 물었다. 의견들이 분분했다. 강이나 습지 주변에 있는 것은 갈대이고,

산이나 비탈에 있는 것은 억새라는 말이 지배적이었다. 갈대
는 갈색, 고동색이며 억새는 은빛, 흰색이라는 얘기도 나왔
다.

문제는 언제나 전문가에게서 발생한다. 그는 우리가 말한
'장소 운운, 색깔 운운'이 100% 옳은 답은 아니라고 지적하
면서 생태학적으로 접근하여 갈대와 억새의 속성을 설명하
기 시작했다.

우리는 다시 어려워지기 시작했다. 울상을 짓는 사람까지
있었다. 같은 시기에 비슷한 모양으로 형제처럼 피는 식물인
데 구태여 골치 아프게 구분할 필요가 있을까 의문이었다.
바로 그때였다. 아름다운 한 여류작가가 희한한 연구 결과를
내어놓았다.

"억새처럼 생긴 것은 갈대이고, 갈대처럼 생긴 것은 억새
예요."

우리는 서로의 얼굴을 쳐다보았다. 어떻게 생겨야 억새처
럼 생기는 것이고 갈대처럼 생기는 것일까. 식물도감을 보면
될까. 식물 화첩을 봐야 할까. 어쩌면 그것은 남자와 여자를
연상하게 하는 발언이기도 했다. 나이 들면 억새 같던 남자
는 갈대가 되고 갈대 같던 여자는 억새가 된다고 하지 않던
가. 전문가가 다시 나섰다.

"여자의 마음은 바람에 날리는 갈대와 같다는 말은 들어

보셨지요?"

그는 드디어 우리를 포기한 모양이었다. 생태학은 내려놓고 중학생 때 음악 시간에 들었던 적 있는 오페라 아리아를 들고 나왔다.

"그럼요. 알지요. 바람에 날리는 갈대와 같이 항상 변하는 여자의 마음~."

일행 중 성악과 출신이 한 소절을 뽑았다. 갈대와 억새의 구분에서 놓여남이 얼마나 홀가분한지 우리는 모두 박수를 쳤다. 전문가도 박수를 쳤는데, 갑자기 어두운 얼굴이 되더니

"여자의 마음은 정말 갈대 같아요."

젊은 시절, 자기를 떠난 여자 이야기를 꺼냈다. 키스도 했고 군 생활 중 여러 번 편지도 주고받았는데, 언젠가부터 소식이 끊어졌다고 했다. 바쁜가 보다 하고 휴가를 내어 직장을 찾아갔더니 딴 남자와 결혼했다고 하더라는 것이었다. 그때도 이해가 안 되었고, 지금까지도 이해가 안 되는 것은 그녀가 왜 자기를 떠났는지, 왜 자기한테 설명을 안 해주는지 알 수 없는 일이라고 했다.

우리는 조금 난감했다. 갈대인들 여자인들 감정이란 것이 설명으로 이해 가능한 것일까. 갈대의 속성도 못 알아듣는 우리가 떠난 그녀에 대해 어떤 추측을 내어놓은들 그가 받아들일 수 있을까.

바람이 불었다. 우리의 논쟁을 비웃기라도 하듯 광활한 개펄에는 갈대꽃이 사방으로 흩날렸다. 마치 목화솜을 풀어 놓은 듯했다.

나는 우두커니 갈대를 바라보았다. 삶은 저렇게 풀어가는 과정인 것을. 그대여, 슬퍼 마라. 혹 아는가. 갈대처럼 떠난 여인도 가끔은 그대 그리워할지. 목화솜처럼 흩날려서 그대 꿈속에 나타날지. 하늘에는 뭉게구름이 두어 점 흘러갔다.

담장 너머

혼자 산 지 꽤 된다. 남편은 일찍 세상을 떠났고, 자식들은 뿔뿔이 흩어져 산다. 더러 아직도 퇴직한 남편에, 결혼한 자식들까지 가까이 끼고 사는 친구들을 보면 좋아 보일 때도 있고, 그렇지 않을 때도 있다. 친구들도 나를 보고 같은 말을 한다. 좋아 보일 때도 있고, 그렇지 않을 때도 있다고 한다. 오버 더 펜스over the fence(담장 너머) 현상이다.

농경사회는 자식이 부모로부터 독립하는 시대였다. 자식이 성년이 되어 가정을 이루면 논밭을 조금 떼어 독립을 시켰다. 지금은 산업사회이다. 사회학자들에 의하면 이제는 부모가 자식으로부터 독립해야 하는 시대가 왔다고 한다. 자식이 성인이 되면 뒤도 돌아보지 말고 재빨리 독립하라고 권한다. 조금 이르게, 자식이 미처 마음의 준비가 덜 되어 서운할 시점일수록 좋다고도 말한다.

행인지 불행인지 나는 자식들이 모두 일찌감치 집을 떠나 주었다. 내가 미처 독립을 선언하기도 전에 자식들이 먼저 제 갈 길을 찾아가 버린 것이다. 퇴직할 무렵에는 나 혼자만 남겨져 있었다. 나 쪽에서 오히려 준비 부족으로 허둥거렸다.

컴퓨터부터 문제였다. 직장생활을 할 때는 함께 일하는 동료들이 있어 불편함이 없었다. 퇴직하니 막막 강산이었다. 새로 산 컴퓨터에 적응도 되지 않았다.

군에 가 있는 아들에게 몇 번 전화했더니 귀찮았던 모양이었다. 가까이에 사는 후배를 하나 소개해 주었다. 집으로 온 후배에게 이것저것 묻기도 하고 용돈도 조금 주었다. 고맙기도 했거니와 자식처럼 살갑게 느껴지기도 했다. 아들이 얘기를 듣더니 대뜸,

"이번 한 번으로 끝내세요. 자꾸 부르면 안 돼요."

"딱 한 번으로?"

"그럼요. 엄마 같으면 특목고 나와서 의대까지 들어간 아들을 선배 엄마가 불러대면 좋으시겠어요?"

충격을 받고 자신을 돌아보았다. 아무래도 나는 아직 독립이 덜 된 모양이었다. 태생적으로 혼자 살기에는 문제가

많은 사람이라는 생각도 들었다. 컴퓨터뿐이 아니었다. 기계치에, 길치에, 수 개념까지 없어서 혼자 살기에는 부적합한 사람인 것 같았다.

자식들 눈에도 엄마가 미덥지 못한 모양이었다. 친구와 둘이서 동유럽을 다녀왔을 때였다. 사진을 보던 딸의 얼굴이 복잡해졌다. 엄마는 왜 해외여행을 여자끼리만 가느냐고 물었다. 길눈도 어둡고 발목도 잘 삐는 사람이 사고라도 나면 어쩌느냐고, 남자 선생님들과 단체로 가면 좋을 텐데, 그 연세에 아직도 내외할 일 있느냐고 의문을 제기했다.

딸이 옳았다. 북유럽 여행 때는 여자 4명에 남자 2명을 동행해서 갔더니 그렇게 편할 수가 없었다. 저녁 시간 호텔에서 와인 한 잔 후 바깥바람을 쏘일 수도 있었고, 새벽에 일어나서 부담 없이 주변 산책도 할 수 있었다. 여자끼리 갔을 때는 엄두도 못 내던 일이었다. 딸이 나에게 삶의 팁을 제공한 셈이었다. 스스로 쌓은 담장에 갇히지 말고 그 너머를 깨금발 해보라는 팁이었다. 다른 세계와의 교류였다.

그저께는 부엌 청소를 하다가 '안상수 벌꿀'을 발견했다. 비싼 거라 아껴두었다가 잊어버린 모양이었다. 병뚜껑이 좀체 열리지 않았다. 뒤집어도 보고 따뜻한 물에도 담가보았지만 요지부동이었다. 난감했다. 명절날 아이들이 올 때까지 기다려야 할 판이었다. 아이디어가 떠올랐다. 관리사무실!

나는 꿀과 과일 한 봉지를 들고 관리실을 찾았다.

"뚜껑이 안 열려요."

"어디 봅시다."

거짓말처럼 단번에 뚜껑이 열렸다. 담장 너머에는 어디든지 전문가가 있는 법이었다. 나는 경비원보다 공부도 많이 했고 여행도 많이 다녔을지 모르나 그의 전문영역에 닿을 수는 없었다. 오전 내내 씨름하던 병뚜껑을 1분 이내에 해결하지 않았는가. 내가 감사를 표하며 과일 봉지를 건네자 그는 한사코 사양하며 되레 고마워했다.

집으로 오던 중 엘리베이터 안에서 갑자기 웃음이 빵 터졌다. TV에서 본 코미디 프로그램이 생각난 것이다.

한 여자가 생선가게에서 고등어 두 마리를 샀다. 인심 좋은 가게 주인이 고등어 한 마리를 덤으로 주었다. 여자는 가족들과 고등어찌개를 먹으니 너무 맛있고 고마웠다.

다음 날 생선가게를 들른 여자는 집에 있는 헌 신문을 한 뭉치 가져다 주었다. 가게 주인은 요긴하게 잘 쓰겠다고 하면서 팔다 남은 갈치 한 마리를 건넸다.

갈치를 받은 여자는 부담스러웠다. 못 쓰는 신문뭉치를 갖고 갔을 뿐인데 생선까지 받고 보니 미안하기 짝이 없었다. 냉장고에서 밀감 한 봉지를 꺼내 가게로 들고 갔다. 두 여자가 함께 밀감을 까먹으면서 이런저런 이야기를 나누다

보니 양가의 아들과 딸이 혼인을 못 하고 있음을 알게 되었다. 가게 주인이 여자의 손을 잡았다.

"이럴 게 아니라 우리 두 집 자식을 합치면 어떻겠수?"

꿀병 뚜껑을 해결하니 산이라도 들어 올린 것 같다. 명절에나 올 자식들에게 의존하지 않고 담장 너머로 처리하니 스스로 대견하다. 돌아보면 담장 너머에는 내가 도울 일도, 도움을 받을 일도 많을 것이다. 오죽하면 멀리 있는 자식보다 가까이 있는 이웃이 낫다는 말이 생겼을까.

나는 여태껏 나의 담장을 쌓는 일에만 전념해 왔는지도 모른다. 그거야말로 나와 남을 구분하는 바로미터로 이해하고, 나의 영역을 지키는 방법으로 인식했기 때문이다.

담장은 그 너머에 무언가가 있음을 의미한다. 무언가가 있기에 담장이 생긴 것이다. 나의 한계를 넘어선 그 무엇이다.

나는 꿀을 한 숟갈 떠서 입안에 넣고 잠깐 그 달콤함을 즐겼다.

종착역

설화명곡역으로 가는 길이었다. 대구의 서쪽이다. 역 출구에서 일행들과 합류하여 달성 도동서원을 방문하는 일정이었다.

지하철을 타자 명곡역까지는 몇 코스나 가야 되는지 확인하고 싶어졌다. 처음 가는 길이었기 때문이다. 일정표를 보았다. 글씨가 작아 읽기 어려웠다. 시력이 급격히 떨어진 탓이다. 요즘 들어 여기저기 몸에 이상이 왔다. '병'은 아직 아니나 '병으로 가는 길목'에 서있음이 틀림없었다. 의사들은 무심하게 노화현상으로 결론지었다.

LED 전광판에서 '다음 역은 화원역'이라는 표시가 나왔다. 잠자던 기억 한 자락이 송곳처럼 불쑥 솟아올랐다.

화원에는 시고모님이 살고 계셨다. 신혼 때 3개월의 시차를 두고 결혼한 동서와 나를 댁으로 불러 펄펄 끓는 가마솥 국밥을 해주셨다. 지금 살아계셨으면 100세가 넘을 어른이신데 식사 후에는 풍금을 치시며 〈님이 오시는지〉를 부르시기도 했다. 성량이 풍부하고 우렁차서 듣기에 좋았다.

고모님은 4남매를 두셨다. 아들은 서울 법대를 보내시고, 딸 셋은 모두 국립 사범대학을 보내 주위의 부러움을 샀다. 고모님 자신은 팔공산 밑 부인사의 신도회 회장을 맡아 그 큰 살림을 통솔하셨다.

지금도 기억한다. 정월 초하루였다. 차례준비를 하던 우리는 고모님으로부터 뜻밖의 부고를 접했다. 법관 아들의 사망 소식이었다. 30대 중반. 심장마비였다. 2년 후에는 사위의 사망 소식을 접했다. 40대 중반이었다.

어느 날 동성로에서 우연히 고모님을 만났다. 마다하시는 걸 기어코 식당으로 모셨다. 못 뵌 사이 고모부님도 돌아가시고, 고모님도 많이 늙고 야윈 모습이었다. 무엇보다 화원 고택을 팔고 아파트로 이사하셨다기에 충격을 받았다. 대단한 고택이었다. 사랑채만 해도 일반 저택을 능가하는 규모여서 나는 몹시 아까웠고 서운했다. 내 집도 아니면서 도둑맞은 것처럼 아쉬웠다. 아들과 사위를 먼저 보낸 데다 기어이 고택마저 떠난 고모님을 나는 우두커니 바라보았다. 세월이 느껴졌다.

"건강은 괜찮으세요?"

"견딜만하다."

"아직도 절에 나가세요?"

"그럼. 집보다 절에 더 많이 가 있다."

고모님에게 부처님은 무엇이냐고 물어보고 싶었다. 고모님의 부처님은 어찌하여 신도회 회장까지 하는 사람한테 그토록 시련을 주시느냐고 물어볼까 하다가 그만두었다. 그렇게 많은 걸 잃고도 아직 부처님을 찾느냐고도 따지고 싶었지만 참았다. 우리는 헤어졌다. 얼마 후 고모님의 임종 소식을 접했다. 부인사에서 고양주 보살이 지켜보는 가운데 돌아가셨다고 했다.

"다음 역은 설화명곡역입니다. 내리실 문은 오른쪽입니다."

LED가 붉은색으로 오른쪽 화살표를 가리켰다. 나는 미리 일어나 문 앞으로 가서 내릴 준비를 했다. 꾸물대다 자칫 역을 놓칠까 두려웠다. 승객들 중 나처럼 문 앞에 서있는 사람은 아무도 없었다. 거기서는 나 혼자만 내리는 모양이었다. 아니었다. 잠시 후 LED가 친절하게 그곳이 종착역임을 안내해 주었다. 종착역이었기 때문에 승객들은 신경 쓸 필요가 없었던 것이었다.

"이번 역은 종착역인 설화명곡역입니다. 안녕히 가십시오."

나는 갑자기 웃음이 나와 혼자 잠깐 웃었다. 그 순간 우리 모두는 저절로 종착역 승객들이었다. 서둘러 내릴 필요도 없고, 억지로 내리지 않을 도리도 없었다. 그것은 우리의 선택이 아니었다.

역 밖을 나오니 가을빛이 멀쩡했다. 일행을 만나 서원으로 가는 버스에 올랐다. 종착역에서 흩어진 다른 승객들은 어느새 제 갈 길을 가고 없었다.

서원에서는 조선 전기 문신들을 만났다. 모두 지금은 이 세상에 안 계신 어른들이었다. 400년을 넘긴 은행나무만이 자리를 지키고 있었다.

고택 마루에 앉아 뭉게구름을 올려다보고 있노라니 어지러운 세상, 힘든 세월을 건너간 옛 선비들이 떠올랐다. 그들이 추구한 가치와 선善을 가늠해 보았다. 남편과 자식을 가슴에 묻고 집보다 절을 더 가까이하셨던 고모님도 생각했다.

나의 종착역은 어디쯤일까. 서원 어디쯤, 절 어딘가에 바람처럼 머물러 있어도 될까. 아니면 한 그루 못 잊을 나무가 되어 깊은 산속 남몰래 홀로 서있을까. 또 아니면 구름처럼 훨훨 저 하늘 위에 떠있을까.

어쩌면 오늘 이런저런 기억으로 '저쪽'을 잠깐 기웃거렸는지도 몰랐다. 그러나 다시 생각해 보면 그 또한 내 삶의 일부가 아닐까 하여 나쁘지 않았다. 오히려 어딘가에 나를 토닥이는 손이 있는 것 같아 마음이 놓였다. 돌아갈 때가 되었는지 서쪽 하늘에 노을이 물들고 있었다.

울음터

연암 박지원이 청나라를 여행하고 쓴 「열하일기」를 읽어
보면 그는 과연 천재가 아닌가 싶다. 요동 벌판에 이르러 광
활한 평야를 보고 '통곡하기 좋은 울음터' 라고 말한다. 천하
의 장관을 보면 웅장한 아름다움에 감탄을 하는 것이 일반적
인데, 연암은 한바탕 울어볼 만한 터라고 표현한 것이다.

인간의 7정에 이보다 통달한 사람이 있었던가? 기쁨이 극
에 달해도 울게 되고, 노여움이 사무쳐도 울게 되고, 즐거움
이 극에 달해도 울게 되고, 사랑이 사무쳐도 울게 되고, 미움
이 극에 달해도 울게 되고, 욕심이 사무쳐도 울게 되니, 답답
하고 울적한 심정을 풀어버리는 것으로 우는 것보다 더 좋은
방법은 없다고 그는 주장한다. 혀를 내두를 일이 아닌가.

21세기로 넘어와서는 TV에서도 울음터를 제공했다. 〈이

산가족 찾기〉에서다. 6.25 때 남북으로 헤어진 가족들이 60년 만에 극적으로 만나는 프로그램이다. 강산이 7번이나 변한 세월이다. 부모 자식, 형제들이 만나자마자 끌어안고 울음을 터뜨렸다. 기쁨과 반가움과 그리움의 눈물이었다.

"순자야!"

"엄마!"

만나자마자 서로를 끌어안았다. 70년의 세월에도 핏줄은 정직했다. 모두 한눈에 서로를 알아보았다. 시청자들도 함께 울었다. 온 국민이 함께 울었다. 아주 드물게 착오가 있긴 했다고 한다. 부둥켜안고 실컷 울고 보니 형제가 아니더라고 했다. 그러나 그들조차도 통곡을 억울해 하지는 않았다. 온 국민이 그저 울고 또 울었다.

최근에는 공중파 방송에서도 울음터를 펼쳐놓았다. 주부를 대상으로 하는 〈보이스 퀸〉이다. 노래 경연 프로그램에 웬 눈물이? 참가 대상이 주부들이었기 때문이다. 주부가 무엇인가. 며느리이고 딸이며, 아내이고 엄마이며, 사회인인가 하면 가정경영인이다. 중심인가 하면 곁가지이고, 전체인가 하면 부분이며, 강자인가 하면 약자이다. 이 땅의 주부들은 모두 예수 그리스도에 버금가는 십자가를 짊어지고 있는 족속들이다. 그러면서도 그들은 늘 갈등한다. 나는 누구인가.

노래는 아마도 그들을 이루는 원소였을 것이다. 먹고 사는 일에 골몰하여 포기할 수밖에 없었던, 간절한 그 무엇이 었을지도 모른다. 문제는 진정으로 포기할 수 없음이다. 자나 깨나 기쁠 때나 힘들 때나 노래를 운명처럼 가슴 깊이 품고 살았음을 의심할 여지가 없다.

예선을 통과한 것만으로도 울지 않는 사람이 없었다. 삶에 기름이 돌기 시작한 걸까. 이제 겨우 한 고비를 넘겼을 뿐인데도 감격의 눈물을 쏟아 놓았다. 그들은 아예 펑펑 울었다. 얼굴이 일그러지고 눈 화장이 지워지는 것도 모르고 펑펑 울었다. 울음과 더불어 자신의 삶을 털어 놓았다. 암 투병 중이기도 했고, 이혼을 하기도 했고, 자식을 잃기도 했다고 털어놓았다. 주부로 사는 일이 그렇게 힘든 일이었을까.

울면서 심사위원에게 일침을 가하는 주부도 있었다. 참가자들에게 야박한 점수를 준 젊은 심사위원이었다. 〈노란 셔츠 입은 사나이〉를 신나게 불러재낀 그녀는 심사위원 앞에서도 전혀 주눅 들지 않았다. 사회자로부터 마이크를 넘겨받은 그녀가 말했다.

"글쎄요, 저분이 재즈를 알기나 하겠어요?"

방청석에서 폭소와 박수가 터져 나왔다. 사회자가 그녀에게 '버클리 음대 최다장학금 수혜자로 선발되셨다면서요? 하자 '결국은 못 갔다니까요.' 가볍게 넘기며 그 내용을 세련된 스캣으로 마무리했다. 결국은 못 갔다고? 왜 못 갔을까.

결국은 못 가고 만 것이 오늘날 주부들의 현주소가 아닐까.

암 투병하던 선배가 기도원을 찾았던 날도 생각난다. 가족을 떠나 혼자가 되자 제일 먼저 드는 생각이 '이제 실컷 울어볼 수 있겠구나' 싶더라고 했다. 온갖 의료시스템과 가족의 사랑, 이웃의 따뜻한 위로마저도 속 시원하게 울어젖힐 울음터가 되지는 못했던 모양이었다.

나 또한 박지원이 추천한 비로봉 꼭대기나 황해도 장연의 금사 바닷가, 요동 벌판보다 첩첩산골에 있다는 선배의 울음터가 더 가슴에 와 닿았다. 남편마저 돌려보내고 온전히 혼자인 상태로 꺼이꺼이 통곡했을 선배를 생각하며 나도 솟구치는 내 설움에 북받쳐 한바탕 소리 내어 울음을 쏟아놓았다.

* 스캣(scat) : 재즈에서 의미 없는 음절로 노래하는 창법

쩨쩨한 인생

비중 있는 정치인 한 사람이 스스로 목숨을 끊은 걸 보니 마음이 착잡하다. 질 나쁜 단체로부터 불법 정치 자금 4천만 원을 받았다는 의혹에 쫓겨서이다. 그 어떤 명분으로도 자살은 미화될 수 없고 비난받을 일도 아니다. 그러나 더러 같은 경우를 자신에게 적용시켜 볼 수는 있을 것이다.

나 역시 그의 입장을 거울을 보듯 나의 입장으로 옮겨보았다. 깜짝 놀랐다. 20년이나 넘게 행정직에 있었다는 사람이 4천만 원은 커녕 4백만 원도 받아본 적이 없는 것이었다. 정확하게 말하면 준 사람이 없었다는 얘기다. 준 사람이 없었으니 받고 싶어도 받을 수가 없을 수밖에.

사람들은 왜 나한테 돈을 주지 않았을까. 줄 필요가 없었기 때문이다. 왜 줄 필요가 없었을까. 영향력이 없었기 때문이다. 왜 영향력이 없었을까. 힘이 없었기 때문이다. 왜 힘이 없었을까. 실력이 없었기 때문이다. 왜 실력이 없었을까. 무능하기 때문이다. 왜 무능할까. 못났기 때문이다.

나는 갑자기 나의 못남을 챙겨보게 되었다. 손으로 꼽아보니 열 손가락으로도 모자랄 지경이었다. 문득 내 인생이 참으로 쩨쩨하다는 결론에 도달했다. 젊었을 때는 애들 키우며 직장 생활하느라 쩨쩨의 연속이었다. 시간 모자라고 돈 모자라고 잠 모자라는 생활이었다. 퇴직하고, 부모 세상 뜨고, 애들 내보내고 나니 건강에 적신호가 나타나기 시작했다. 사람 닮아 병도 쩨쩨하게 손가락, 발목, 뒤꿈치에 탈이 났다. 병원에 가도 시세 없는, 쩨쩨하게 아픈 환자다.

해외여행에서도 나는 도처에 쩨쩨를 흘리고 다녔다. 벼룩시장에서 치마 한 개 사면서도 구태여 1유로를 깎으려 애썼고, 마음에 드는 냄비 받침을 보고도 선뜻 여러 개를 사지 못했다. 혼을 뺏긴 모자를 보고는 들었다 놨다 하다가 결국 포기했다. 심지어 나는 쩨쩨를 넘어 모자라는 사람처럼 헤헤거리고 다녔다. 패키지여행이라 이코노미 뒷좌석에 앉게 되어도 비즈니스 고객이 부럽지 않더냐고? 천만에! 이코노미 꽁무니거나 말았거나 여행할 수 있어서 좋기만 했다. 감지덕지였다.

　어쩌면 인간은 남의 불행에서 자신을 안도하는 이기주의자인지도 모른다. 사랑이 사랑으로 치유되듯 불행도 더 큰 불행으로 덮어지는 것이기 때문이다. 이것이 오늘 밤 내가 고작 4천만 원으로 생을 마감한 그를 안타까워하는 한편 4백만 원도 못 받아본 쩨쩨한 인생을 위로하는 이유이기도 하다.

알 수 없는 일

나는 세상을 얼마나 아는 걸까.

모르는 것이 많은 걸까, 아는 것이 없는 걸까.

젊은 날의 이야기다.

A와 결혼을 앞두고 있었는데, 동아리 선배 한 사람이 A의 뒷조사를 하고 다닌다는 소문이 돌았다. 자신이 보기에 저보다 못한 A를 내가 좋아하는 이유를 납득할 수 없다는 것이었다.

나는 화가 머리끝까지 치솟아 선배를 만났다.

생맥주 집이었던 것 같다. 만나자마자 속사포같이 퍼부었다.

남자답지 못한, 비겁한, 상종 못 할 인간으로 몰아붙이며 내가 알고 있는 모든 폭언을 쏟아놓았다.

그는 묵묵히 술만 마셨다. 한마디 대꾸도 없이 술을 마시고, 안주를 집었다.

제풀에 지쳐 나의 손이 술잔에 갔을 때, 그가 입을 열었다.

"알았어. 다 알아들었어. 미안해."

눈꺼풀을 일으켜 천천히 나를 바라보는데, 나는 얼어붙었다. 나는 그가 그렇게 깊고 아름다운 눈을 가진 줄 몰랐다. 그의 눈을 이렇게 가까이에서 바라본 적도 없었다. 가슴이 철렁 내려앉았다.

돌발 사고였다. 재난이었다. 난감했다.

갑자기 입을 닫은 나의 혼란을 알 리 없는 그는,

"까뮈의 『이방인』이 방곤 번역으로 새로 나왔더라. 빌려줄까?"

"아니!"

세월이 흘러도 그에 대한 기억은 딱 하나로 요약된다. 아름다운 눈.

이해할 수 없는 것은 그토록 위대한 발견이 하필이면 왜 그 순간에 일어났을까 하는 점이다.

나의 폭언 때문이었는지 그의 '미안해' 때문이었는지,

혹은 일시적 착시현상이었는지 지금도 알 수 없는 일이다.

4부

겨울

공범

　우리는 대체로 사람을 평가할 때 그 사람의 그릇과 도덕
성에 비중을 많이 둔다. 도덕성은 우월한데 그릇이 작으면
편협하기 쉽고 그릇이 크더라도 도덕성에 문제가 있으면 신
뢰가 가지 않기 때문이다. 운이 좋았던지 사는 동안 사람으
로 인해 큰 상처를 받지는 않았던 것 같다. 문제는 오히려 나
자신이었다. 우연찮게 같은 잣대를 스스로에게 들이대어 본
결과 깜짝 놀랐다. 가관이었다.

　첫 아이가 중학교에 입학했을 때였다. 지방에 사는 내 또
래 엄마들은 앞다투어 서울에다 거처를 마련하기 시작했다.
6년 후 대학에 진출할 아이를 위해 주거공간을 미리 준비해
두기 위함이었다. 전세를 낀 작은 아파트가 주를 이루었다.

비록 소규모 아파트라도 월급쟁이들로서는 은행 융자를 낀 과감한 투자였다. 중, 고등 6년 동안 알뜰하게 돈 모아서 전세금 갚고 나면 대학에 입학할 내 아이에게는 서울에 정착할 자그마한 집이 하나 마련되리라 믿었다. 그 집을 언덕 삼아 아이 또한 열심히 노력하면 장밋빛 미래가 보장될 것 같았다. 투기라는 생각은 꿈에도 해보지 않았다. 가정 경영이었다.

6년 후 아이들의 입장은 제각각이었다. 계획대로 번듯한 대학에 입학해서 엄마가 마련해 둔 집에 들어간 아이가 있는가 하면 기대에 어긋나게 지방전문대학마저도 후보로 들어가 준비된 서울의 아파트는 여전히 남의 거처가 되어있는 경우도 있었다.

문제는 집에 대한 우리들의 인식이었다. 아이가 아파트를 쓰든 못 쓰든 시작은 순수한 투자에서 비롯된 것은 사실이었다. 월급쟁이 형편에 아이가 대학에 들어갔을 때 감당해야 할 서울살이 치다꺼리가 만만치 않았기 때문이었다.

그러나 그 과정에서 집값이 오르고, 부모 도움 없이는 자식들이 평생 벌어도 집 한 채 사기가 어려워짐에 따라 우리의 투자는 날이 갈수록 적극적이 되어갔다. 자식이 대학시험에 떨어진 한 친구는 서울 아파트의 전세를 빼서 사글세로 돌렸고, 또 한 친구는 시부모님이 돌아가시자 큰집을 팔아

서울에 자그마한 단독주택을 샀다. 딸을 위해 신촌에 주거용 오피스텔을 마련한 친구는 우리들의 부러움을 샀고, 아들만 둘 있는 친구는 강북과 강남에 각각 작은 아파트를 한 채씩 마련하여 모두의 박수를 받았다.

그즈음 엄마들끼리 모이면 '집' 이야기가 주를 이루었다. 서로의 정보를 교환하기도 하고, 형편에 따라 돈을 빌리고 빌려주기도 했다. 그 일에 회의나 갈등은 없었다. 죄의식 같은 것도 물론 없었다. 과도한 욕심이라는 생각을 해본 적도 없었다. '가정 경영'의 문제가 아니던가. 우리는 아무것도 고민하지 않았다. 아이는 자라고 있었고, 살림은 조금씩 불어나고 있었다.

뒤통수를 친 사람은 뜻밖에도 친구의 아들 K였다. K는 후리후리한 키에 잘생긴 녀석으로 머리까지 좋아 명문대 사회학과에 입학을 했다. 나는 친구가 K를 위해 이불 장만하는 일을 도왔는데 이불점 주인이 친구를 'Y대 모친, Y대 모친'이라고 추커세울 때 자랑스러워하던 그 얼굴을 잊지 못한다. 행복은 거기까지였다. 학년이 올라가면서 K는 학보사 기자가 되고 대자보 담당으로 명성을 날리다가 학생 시위의 선봉에 서게 되었다. 곧이어 경찰의 수배 대상이 되어 휴학과 복학을 반복하더니 강제로 군 입대를 하고 말았다. 6년에 걸쳐

융자와 전세를 거쳐 친구가 애써 장만한 아파트도 무용지물이 되어버렸다.

더 이상한 것은 '집'에 대한 친구의 관점이었다. 언젠가부터 친구는 다른 사람이 되어갔다. 아들의 영향을 받은 것 같았다.

"K가 말하기를~."

친구는 이렇게 시작했다. '집'에 대한 개념 정리였다. 집은 주거의 공간이지 투자의 대상이 아니라는 것이었다.

어느 시대나 부자와 가난한 자는 존재한다. 가난은 나랏님도 구제하지 못한다는 말이 왜 있겠는가. 그러나 인간이라면 누구라도 최소한의 의식주는 보장받을 권리가 있다. 비, 바람을 막아줄 주거공간은 삶을 위한 가장 낮은 단계의 기본 조건이다. 그것을 재산증식의 수단으로 삼는 것은 없는 자의 기본권을 훔치는 횡포이다. 옳지 않다.

친구는 미래를 위해 여유분을 갖는 것도 죄악이라고 규정했다. 자신의 미래를 위해 다른 사람의 현재를 착취하는 행위이기 때문이라고 했다. 마지막으로 친구는 이렇게 말했다.

"K가 말하기를, 우리는 모두 공범이래. 교묘하게 남의 것을 빼앗는 공범!"

우리는 깜짝 놀랐다. 서로의 얼굴을 번갈아 쳐다보았다.

"무슨 공범? 우리가 무엇을 빼앗았기에?"

"다른 사람의 집을 빼앗았잖아. 그건 누군가의 숨쉬기를 빼앗는 것과 다름없다고 하더라고. 우리 K가."

군 복무를 마친 K가 결혼식을 하는 날, 우리는 모처럼 자리를 함께했다. 두 사람은 캠퍼스 커플이었다. 대학에서 시민운동을 하다 만난 사이라고 했다. 동지인 듯 연인인 듯 편안해 보였다. 신혼부부를 바라보는 친구 내외의 시선이 따뜻했다.

우리는 아까부터 신혼집은 어떻게 되었느냐고 묻고 싶어 입이 근질거렸으나 '공범' 운운이 되살아나서 입을 닫았다. 말 못 참는 한 친구의 입에서 '그때 그 아파트는?' 이라는 질문이 새어 나올 뻔했으나 그마저도 입안에서 잦아들고 말았다. 우리는 그저 우아하게 자리에서 일어났다.

한 번 더

TV는 때로 갈등을 부른다. 습관처럼 여기저기 채널을 돌리다 보면 시간이 물처럼 흘러가 버리기 때문이다. 더러는 즐겨 볼 때도 있다. 주로 음악 프로그램들이다. 얼마 전에는 〈팬텀싱어〉가 눈과 귀를 사로잡더니 요즘은 〈싱어게인sing again〉에 꽂혀있다. 본방은 물론이고 어쩌다 재방송을 보게 될 때도 입 벌린 채 감탄을 하면서 빠져든다.

〈싱어게인〉은 오랜 기간 노래를 해왔으나 대중의 관심을 받지 못한 가수들에게 '한 번 더' 기회를 주는 오디션 예능 프로그램이다. 10여 년 혹은 20여 년 동안 음악 세계를 훑어온 사람들이지만 뜻을 펴지 못한 무명 가수들에게 '한 번 더' 무대를 제공하여 옥석을 가려보자는 취지다. 참가 조건이 개인 앨범을 낸 적이 있는 가수여야 한다니 서류 심사부터 만만치 않음을 알 수 있다. 무명이기는 하나 실력은 쟁쟁한 기성가수들인 셈이다. 유희열, 이선희, 윤도현, 김이나와 주니어부 4명이 심사위원으로 참여한다. 유머에다 재치까지 겸비한 이승기가 MC를 맡았다.

참가자들 중에는 익히 얼굴을 아는 사람도 있고 그렇지 않은 사람도 있다. 어떤 사람은 눈에 익어 저 가수가 왜 참여했지? 싶기도 했고, 저 노래가 저 가수 거였어? 한 경우도 있었다. 등장하자마자 다른 참가자도 놀라고 심사위원도 놀란 왕년의 슈퍼스타K 우승팀도 있었다.

콘서트 공연장에서 본 적이 있는 팀도 있었다. 시청률 53.1% 유명 드라마의 OST를 부르고도 무명 가수로 머물러 있는 사람도 있었다. 한 가수는 등장부터 심사위원석이 술렁거렸다. 모든 심사위원들이 얼굴을 아는듯했다. 등장하자마자 나도 어? 하고 놀랐다. 이름도 알고 노래도 아는데 저 가수가 왜 그동안 방송에 나오지 않았는지 의아했다. 사연을 듣는 순간 마음이 짠했다. 치솟는 인기 도중 극심한 성대결절이 와서 노래를 아예 부를 수 없었다고 했다. 노래 못 하는 삶은 죽은 목숨이더라고도 했다. 〈싱어게인〉을 통해 '실패한 가수' 꼬리표를 떼고 싶다고 하면서 노래에 앞서 자기도 모르게 눈물을 펑펑 쏟아놓았다. 나까지 온몸에 전율이 일면서 코끝이 찡했다. 저들은 왜 저토록 노래에 매달리는가. 저들은 왜 저토록 '한 번 더'가 절실한가.

나에게 '한 번 더'는 언제였을까. 나는 어렸을 때부터 작가가 되고 싶었다. 나의 장래 희망은 언제나 '작가'였다. 작가 아닌 장래 희망은 나에게 없었다. 나는 열병처럼 글에 몰두했고 문학은 나의 원본이 되었다. 나의 미래는 밝아 보였다. 부모님, 선생님, 심지어 나 자신까지도 장래에 귀한 작가가 될 것을 믿어 의심치 않았다. 그때는 미처 지구의 축이 나를 중심으로 도는 게 아니라는 걸 깨닫지 못했으니.

대학 졸업 후 긴 세월 동안 나는 문학을 등지고 살았다. 늦은 나이까지 가정과 직장을 병행해야 하는 여자는 언감생심 문학은 꿈도 꿀 수 없었다. 나는 그저 아이 넷을 둔 평범한 직장 여성으로서 지우개처럼 매일 조금씩 닳아 없어지고 있을 따름이었다.

퇴직을 하고서야 겨우 수필 문단에 발을 들여놓았다. 문예지에 작품이 실리는데, 초라하기 짝이 없는 약력이었다. 나의 앞, 뒤 작가는 하나같이 개인 수필집 몇 권에, 무슨 협회 회장에, 문학상 수상자들이었다. 나는 그저 단 한 줄, 등단 사실밖에 없었다. 늦은 나이에, 작품도 없고, 참으로 허망했다.

　어느 주말 식당에서 친구들과 저녁을 먹고 있을 때였다. 핸드폰으로 전화가 왔다. 남자였다. 낯선 목소리였다. 누구라고 말을 하는데 모르는 사람이었다. 무슨 '~련' 이라고 하는 것 같았다. 내 주변에는 '~련' 으로 끝나는 이름은 없었다. 생뚱맞게도 수영선수 조오련이 떠올랐다. 그날 아침 TV 뉴스에서 조오련 선수가 독도 지키기 운동으로 수영하는 모습이 방영되었기 때문이었다. 나는 전화를 끊으려고 했다. 그때였다. 전화기 너머에서 다시 소리가 들렸다.

　"수필 쓰는 김규련입니다. 「달의 진화」를 읽고 전화합니다."

　아, 그것이 나에게는 '한 번 더' 가 아니었을까. 늦은 나이에, 서울에서 멀리 떨어진 지방 도시에 살면서, 수필이라는 까마득한 절벽 앞에 맹인처럼 서있는 나에게 원로 수필가께서 주신 한 마디, 그 말씀이 나에게는 '한 번 더' 가 아니었을까.

　〈싱어게인〉 가수들은 어떻게 될까. 오디션 프로그램이다 보니 단계마다 붙는 사람이 있는가 하면 떨어지는 사람도 있기 마련이다. 반전과 갈등이다. 천국과 지옥이다. 그러나 그들은 한결같이 '행복하다' 고 말한다. 노래가 좋고 노래를 부를 수 있어 행복하다고 한다.

　변방에서, 알아주는 이 없는 나도 덩달아 행복하다. 글이 좋고 글을 쓸 수 있어 행복하다.

안약을 넣다가

요 며칠 하찮은 일로 어려움을 겪고 있다. 눈에 안약을 넣는 일이다. 의사는 대수롭지 않게 처방을 내지만, 나로서는 여간 고역이 아니다.

무엇보다 눈의 조준이 어렵다. 왼손으로 눈을 벌려 오른손으로 약을 넣는데, 약이 내려오는 순간 왼손도 놓고 눈도 감아버리고 만다. 약은 온 얼굴에 번져 안약으로 세수를 하게 된다.

멀리 있는 자식들은 한심한 소리만 한다. 자기들끼리 엄마는 안약도 못 넣는다고 흉을 봐쌓더니 병원에 가서 간호사에게 레슨을 받으라고 조언을 한다. 그래도 딸이 조금 낫다. 왼쪽 눈에 넣을 때는 오른쪽을 흘겨보고 오른쪽 눈에 넣을 때는 왼쪽을 흘겨보라고 한다. 새치름히 안약을 흘겨보면서 넣으면 약이 눈에 저절로 고이게 된다고 가르쳐 준다.

우여곡절 끝에 안약이 눈에 떨어지니 환영처럼 낯익은 얼굴 하나가 나타난다. 저세상으로 간 남편이다. 그는 생전에 안약 정도는 마술처럼 흘리지도 않고 눈에 잘 넣곤 했다. 길을 가면서도 주머니에서 약을 꺼내 이쪽저쪽에 한 방울씩 떨어뜨렸다. 내가 신기해하면 빙긋 웃으며,

"마라톤 하면서도 넣을 자신 있는데, 그런 종목은 없겠지?"

안약 정도로 딴 세상 사람까지 데려오느냐고 나무라지 말기 바란다. 케네디가 떠난 후 기자가 재클린에게 '남편이 가장 생각날 때가 언제냐' 고 물었을 때 망설이지도 않고 '가전제품이 고장 났을 때' 라고 대답하지 않던가.

"다리미가 말썽을 부리면 고쳐 쓸 것인가 새로 살 것인가 나는 그와 의논했지요."

아마도 남편은 안약으로 세수를 하는 내가 걱정되었으리라. 이런 걸 두고 유행가에서는 '사랑' 이라고 하지 않던가. 결핍의 순간에 홀연히 나타나는 바로 이런 것. 눈을 확인한 그가 일상처럼 왔던 길을 되돌아간다.

"걱정 마. 금방 나을 거야."

살아진다

뉴스를 보니 지난해 우리나라의 자살률이 OECD(경제협력개발기구) 36개의 회원국 가운데 1위를 차지했다고 한다. 하루 평균 37.5명이 스스로 목숨을 끊었다는 보고다.

이를 두고 사회 각 분야에서는 온갖 분석과 통계를 내어 놓고 있지만 나는 참으로 궁금하다. 우리나라가 OECD 국가 중에서 기후환경이 가장 열악한 나라일까. 정치, 경제, 사회, 교육, 철학, 문명이 가장 뒤떨어진 나라일까. 범죄와 비리가 특별히 많은 나라일까.

'삶은 사는 게 아니라 살아지는 것'이라는 말이 있다. 특히 전쟁을 겪은 우리의 부모 세대가 그러하다. 우리들에게 그들의 삶은 기적에 가깝다.

시어머님은 유복한 집안의 외동딸로 태어났다. 아들 넷에 딸 하나를 낳고 서울에서 가정을 꾸려가던 중 6.25 전쟁이 터졌다. 고위공직에 계셨던 아버님이 어머님한테 애들 데리고 친정이 있는 대구로 먼저 내려가라고 말했다. 미처 처리하지 못한 몇 가지 일을 마무리하고 바로 따라 내려가겠다고 했다.

헤어지는 날 아침 어머님은 혹시나 해서 패물과 맏아들을 아버님에게 남겼다. 아버님을 보살필 아들이 필요할 것 같아서였다. 돌아서다 보니 딸이 눈에 들어왔다. 아버지 양말이라도 챙겨드리라고 딸마저 남겼다. 아들과 달리 어머니를 따라가겠노라고 울면서 떼쓰는 딸을 억지로 떼어놓았다. 그것이 마지막이었다. 남편과 맏아들과 딸은 북한으로 끌려가고 말았다. 이산가족이 된 것이다.

졸지에 홀로 남겨진 어머님은 아들 셋을 데리고 생활 전선에 뛰어들었다. 전쟁으로 폐허가 된 땅 위에서, 남편도 없이 홀몸으로 어린 아들 셋을 데리고 살아가는 그 삶이 어땠을까. 이산가족이 되어 북한 탄광촌에서 끝내 생을 마감하신 아버님의 삶은 어땠을까.

신심이 돈독한 종교인들은 말한다.

'신은 인간에게 감당할 수 있을 만큼의 고통만을 주신다' 고. 나는 이 말에 항의한다. 강력하게 항의한다. 구태여 그렇게까지 잔인할 필요가 무엇인가. 신의 잣대와 인간의 잣대가 그렇게도 다르단 말인가.

세월이 흘러 아버님 어머님 돌아가신 후 금강산에서 '이 산가족 만남' 행사가 있었다. 나에게는 시숙 되시는 맏형을 동생들이 만나자고 초청을 했다. 금강산 숙소에서 동생들은 형 얼굴이 기억나지 않는다고 말했다. 너무 어린 나이에 헤어져서 알아볼 수나 있을는지 의문이었다.

걱정할 것 없었다. 형제들은 한눈에 서로를 알아보았다. 다투어 형을 깊게 끌어안고 숨을 참았다. 남자들이라 눈물은 속으로 삼키면서 살아있음에 감사했다. 시숙은 아직도 탄광촌에 살고 있었다. 북한에서는 한 번 탄광촌에 들어가면 죽을 때까지 나오기 어렵다고 했다.

숙소에서 하룻밤 묵는 동안 동생들이 형에게 준비한 선물을 건넸다. 보청기였다. 어떤 게 귀 상태에 맞을지 몰라 지구상에서 가장 비싼 걸로 3개나 준비했다. 문제는 가방이었다. 동생은 형에게 가방조차 비싸고 좋은 것을 선물하고 싶었다. 명품가방에다 보청기 3개를 담아서 건넸다. 엘리베이터 앞에서 북한 요원이 물었다.

"동무, 그건 뭐라요?"

요원은 가방을 가리켰지만 시숙은 내용물로 이해했다.

“보청기라요.”

“가방 말이요. 그런 건 물품 보관소에 넘기게 되어있소. 이리 주시구레.”

늙은 시숙이 손주뻘 되는 젊은 요원에게 두 손으로 공손하게 가방을 건넸다. 아무런 불평도 반박도 없었다. 잘 길들여진 짐승처럼 다소곳하기 짝이 없었다. 요원이 우리를 돌아보았다.

“질서가 그렇게 되어있습네다.”

남한 같으면 ‘규정’이 그렇게 되어있다고 할 것을 북한에서는 ‘질서’라고 말하는 모양이었다.

동생들은 반응을 보이지 않았다. 혹여 형한테 누가 될까 극도로 조심하는 눈치였다. 헤어져 숙소로 돌아오면서도 동생들은 한마디 말도 하지 않았다. 젊은 요원에게 가방을 건네는 늙은 형의 공손한 모습이 치욕스럽기 짝이 없었다. 몸이 부들부들 떨렸다.

‘신은 인간에게 감당할 수 있을 만큼의 고통만을 주신다’는 종교인에게 다시 묻는다. 얼마나 많은 고통을 겪었기에 시숙이 젊은 요원에게 그토록 고분고분한가. 인간이 인간을 그렇게까지 모독해도 되는 것인가.

삶은 때로 추하고 비루하다. 마디마디 부당하고 억울하기 짝이 없다. 그러나 우리는 죽지 않고 살아간다. 오죽하면 유행가에서도 '살아진다' 고 했을까.

　돌아가신 엄마 말하길
　그저 살다 보면 살아진다
　그 말 무슨 뜻인지 몰라도
　기분이 좋아지는 주문 같아
　너도 해봐 눈을 감고 중얼거려
　그저 살다 보면 살아진다

　다시 뉴스로 돌아가자. 세대별 통계에 의하면 우리나라는 청소년 자살률이 특히 높다고 한다. 안타까운 일이다. 사랑하는 가족과 이루고 싶은 꿈이 창창할 청소년들에게 그 모든 것을 포기할 정도의 새로운 가치는 무엇이었을까. 생명보다 더 소중한 가치는 무엇일까.
　전쟁 통에 납북되어 북한 탄광촌에서 생을 마감한 시아버님은 70대였고, 남한에서 오매불망 헤어진 가족을 그리워하다 돌아가신 시어머님은 90대 중반이었다. 살아생전 후손들도 넉넉히 두셨다.
　그분들을 생각하면 '살아진다' 는 말에 수긍이 간다. 또한 어쩌면 내가 늘 불평하고 원망해 마지않는 신은 우리가 쉽게 목숨을 포기하지 않도록 삶의 곳곳에 기쁨이나 희망 같은 주문을 숨겨두었을지도 모른다. 나 같은 반항아도 기분이 좋아지는 그런 주문 말이다.

오늘도 나는 주문에 걸려 기적처럼 살아지고 있다.

졌잘싸

처음에는 이 무슨 외래어인가 했다. '졌잘싸' 라니? 한참 후에야 대선과 지방선거에서 참패한 당이 스스로를 '졌지만 잘 싸웠다' 고 말한 데서 나온 말임을 알았다.

온갖 꼼수와 날치기로 점철된 당이었지만 '참패' 를 두고는 당 내부에서조차 '위기' 라는 파열음이 나오고 있었다. 특히 당의 텃밭인 광주 투표율이 지방선거 시, 도 중에 가장 낮은 수치를 기록한 것을 두고는 '당에 대한 정치적 탄핵' 이라며 '아픈 참패' 라고 하는 판국에 정작 당사자들은 '졌잘싸' 운운하고 있었다. 반성 없는 자기합리화가 국민 눈에는 어떻게 비칠까.

'졌잘싸' 를 보면 내 아이들의 모습이 보인다. 아이들은 모두 평범했다. 잘나지도 못나지도 않다 보니 나이 또래의 한계를 벗어나지 못했다. 무슨 일을 하든 완성도가 낮았다. 허술하고 미흡했다.

큰딸이 초등학교 1학년 때 사회문제에서 외양간이 있는 그림을 보여주고, '위의 그림은 시골집입니까? 도시의 집입니까?' 라고 물었다. 답은 '시골집' 이었지만 딸은 '촌집' 이라고 써서 틀렸다. 친구 엄마는 선생님한테 말해보라고 했지만 나는 그렇게 하지 않았다. 질문은 분명히 시골집인가 도시의 집인가 물었던 것이다.

국어시험에서는 '인사' 라는 단어로 짧은 글을 지어보라는 문제가 나왔다. 아이는 '나는 선생님께 공선히 인사를 합니다' 라고 썼다. '공손히' 를 '공선히' 라고 써서 틀리고 말았다. 그냥 '나는 선생님께 인사를 합니다' 하면 될 것을 구태여 '공선히' 라는 말을 붙여 틀린 것이다.

딸은 반에서 2, 3등을 했다. 1등 하는 아이는 우리 아이와는 달랐다. 절대로 틀리지 않고 실수조차 하지 않았다. 시험 때마다 1등을 했다.

가정방문 때 담임선생님이 딸의 성적 내역을 보여주며 산수와 과학 성적이 좋아 고학년이 되면 1등을 할 거라고 말했다. 예상은 어긋났다. 아이는 여전히 5등 안을 맴돌았다. 단 한 번도 1등을 받아온 적이 없었다. 몰라서 틀리거나 실수해서 틀리는 문제가 반드시 나왔다.

반 회장을 하고 있었으므로 담임선생님과 전화를 할 일이 더러 있었다. 학교에서 IQ 테스트가 있었던 모양이었다. 최고 점수가 나왔는데 성적이 그에 못 따라줘서 아쉽다고 말했다. 나도 한숨을 쉬었다.

"어쩌겠어요. 공부를 열심히 하는 것도 실력 아니겠습니까."

마침 딸이 전화기 옆에 있었던 모양이었다. 대단한 발견이라도 한 듯 외할머니에게 쪼르르 달려가서,

"할머니. 나는 1등 못 해요. 열심히 하는 것도 실력이라고 엄마가 선생님에게 말했어요."

딸의 '졌잘싸'였던 셈이다. 근성 부족이었다.

아들은 어떻던가. 이 아이는 완성도까지 이르지도 못했다. 선택과 집중부터 문제였다. 초등학생 때는 '43-18'이 골치 아픈 나머지 8에서 3을 빼고 40에서 10을 빼고 그쳤다. 그나마도 시험지 뒷면은 풀지도 않고 후다닥 달려가서 제일 먼저 제출하는 만용을 보였다. 시험지를 1등 제출하는 것이 무에 그리 중요했던가.

고등학생이 되자 아들은 공부는 뒷전인 채 록밴드를 만든다고 설치고 다녔다. 네 명 중 저만 특별반이었다. 연습 시간을 나머지 세 명한테 맞추느라 자율학습을 빼먹는 바람에 나

는 화가 머리끝까지 치솟았다. 아이는 이해가 안 되는 모양이었다.

"엄마 그건 좀 이상한 것 같아요. 세 명이 한 명한테 맞추는 게 옳아요, 한 명이 세 명한테 맞추는 게 옳아요?"

아들은 결국 대학입시에 떨어졌다. 온 집안에서 죄인이 되고, 엄마인 나까지 애를 너무 풀어 키운다고 비난을 들었다. 시험에 떨어졌으니 군 영장이 나왔다. 신체검사 결과 1급을 받았다. 검사장에서 군의관이 아들의 등을 탁 치며,

"의장대감이다. 1급!"

우리는 아무 생산성 없는 병역 1급을 공부 1등으로 받아들였다. 어차피 선택과 집중이 어긋난 아이가 아니던가. 딸들도 일제히 웃음을 터뜨리며,

"엄마 소원 푸셨네. 1급이나 1등이나! 의장대 가면 멋있겠다!"

내 아이들의 '졌잘싸'는 무엇이었을까. 생의 마디마디 완성도가 부족하고, 선택과 집중이 잘못된 내 아이들의 '졌잘싸'는 어찌해야 할까.

오늘 저녁 브라질과 한국의 축구 경기에서는 내 생애 최고로 멋진 '졌잘싸'를 보았다. 2022년 카타르 월드컵을 앞두고 서울 월드컵경기장에서 열린 한국과 브라질의 친선 축구

경기에서는 1:5로 한국이 졌다. 6만이 넘는 관중들이 아쉬움으로 자리를 못 떴으나 주장인 손흥민은 당당했다. 아름다운 청년 손흥민은 능숙한 영어와 한국말로 패배를 깨끗이 인정했다. 그는 브라질의 네이마르 선수와 유니폼을 바꿔 입으며 그를 한껏 추커세웠다.

"네이마르는 월드 스타이고, 저는 월드 스타가 되기 위해 노력하는 선수입니다."

나는 만난 적도 없는 손흥민에게 손뼉을 치며 사랑과 응원을 보냈다. 참패를 당하고도 자기성찰 없이 '졌잘싸'를 내세운 그들도 이 장면을 보았을까.

속곳 비상금

시어머니는 멋쟁이었다. 때와 장소에 맞게 옷을 잘 갖추어 입었고, 외출 시 검은 망사장갑을 즐겨 끼었다. 성격 또한 깔끔하고 단정했다. 언젠가 가족 소풍에서 단체 사진을 찍었을 때 앞줄 중앙에 앉은 어머님의 치맛자락이 약간 말려 올라간 적이 있었다. 이를 두고 어머님은 두고두고 언짢아했다.

"사진 찍는 사람이 살폈어야 하는데…."

그런 어머님이 여러 사람이 있는 공공장소에서 스스로 치마를 들춘 사건이 있었다. 옥색 한복에 망사장갑 차림이었다.

아들이 대학 다닐 때의 일이다. 연말에 4개 대학 연합 클래식 기타 동아리 모임 연주가 있어 시어머니를 모시고 가게 되었다. 집을 나서기 전 어머님은 가방에서 봉투 하나를 꺼내 보였다.

"연주 끝나고 어수선해서 잊어버릴라. 네가 잘 기억하고 있다가 귀띔해 다오."

나는 웃으며 그러겠다고 약속했다. 봉투 안에는 맞춤법 틀린 격려 편지 한 장과 5만 원이 들어있을 것이었다. 당시 아들의 몸값은 5만 원이었다. 상을 받았거나 심부름을 하고 나면 어머님은 격려금으로 5만 원이 든 봉투를 건넸다.

연주는 생각보다 괜찮았다. 동아리 발표라 기대를 안 했던 탓도 있었을 것이었다. 실제로 세 명씩, 네 명씩 그룹연주가 주류를 이루기도 했다. 그중에 어머님이 내 손을 꼭 잡은 연주가 있었으니 바로 아들의 솔로 연주였다. 바흐 〈샤콘느〉.

"혼자서 하네. 얼굴도 제일 잘생겼다."

고슴도치 현상일까. 솔로 연주를 하니 갑자기 얼굴도 잘생겨 보이는 모양이었다. 연주가 끝날 때까지 어머님은 내 손을 놓지 않았다. 다른 손으로는 눈물을 훔치기까지 했다. 어린 손자를 두고 젊은 날에 세상을 뜬 당신의 아들이 생각났으리라. 그가 살아있다면 얼마나 좋아했을까.

사건은 연주회 후에 일어났다. 멤버들의 인사를 받다 보니 어머님이 보이지 않았다.

"할머니는요?"

"글쎄. 방금 여기 계셨는데?"

"아, 저기! 할머니, 거기서 뭐 하세요?"

세상에나! 어머님은 로비 한쪽 구석에서 치마를 들추고 있는 중이었다. 속곳에 숨겨둔 비상금을 꺼내려나 보았다. 혹여 길을 가다 불상사라도 났을 때 쓰일 수 있도록 갖고 다니는 비상금이었다.

내가 얼른 눈치채고 가방 안의 봉투를 가리켰으나 어머님은 손사래를 쳤다. 5만 원으로는 약소하다는 뜻이었다. 마음이 바빠서인지 속주머니는 얼른 열리지 않았다. 망사장갑까지 낀 손이라 일은 더 지체되는 것 같았다.

아들이 달려와 양팔을 들어 할머니를 가렸다. 소용없는 일이었다. 아이들은 이미 치마 속을 뒤적이고 있는 친구의 할머니를 신기한 듯이 구경하고 있었다. 드디어 꼬깃꼬깃한 지폐 두 장이 나왔다. 10만 원이었다. 그날 시어머니에게는 손주가 '비상사태'였던 모양이었다.

어머님은 평소 아이가 어른으로 성장하는 데는 공자 왈 맹자 왈 머리로 하는 공부보다 가슴을 두드리는 마음공부가 중요하다고 얘기해 왔다. 옳은 말씀이었다. 그날 어머님의 속곳 비상금 사건은 아들에게 깊은 울림을 주었음에 틀림없었다. 아들은 자라면서 친할머니뿐 아니라 이웃 할머니들에게도 각별한 애정을 보이곤 했다.

나는 어땠을까. 나 역시 아들과 비슷한 경험이 있었다. 첫 아이를 임신했을 때였다. 입덧이 심해 음식 트집이 많던 시기였다. 생뚱맞게도 외갓집 남새밭에 묻어둔 동치미가 먹고 싶었다. 시집살이 중이라 아주 잠깐 택시를 타고 다니러 갔는데 식사 후 외할머니가 구태여 차비를 주는 것이었다. 치마를 훌렁 걷은 속곳에서였다. 침을 묻혀 지폐 한 장을 건넨 할머니는 혀를 찼다.

"이년아. 시집 잘 갔다더니 그 집에는 동치미도 없다더냐. 먹고 싶은 거 못 먹으면 애 입 삐뚤어진다는데."

나는 감동했다. 속곳에서 꺼낸 침 묻은 지폐 한 장이 얼마나 살갑던지. 나는 할머니한테 손목을 잡힌 채 눈물을 글썽이며 울먹였다. 돈이 궁했던 것도 아니고, 누가 나를 내친 것도 아니었건만 나는 할머니한테 미주알 고주알 일러바치고 싶은 것이 많았다. 5만 원의 힘이었다.

외할머니, 시어머니 모두 돌아가시고 나도 퇴직을 하고 나니 이제는 딱히 돈이 간절하지도 않다. 요즘은 카드라는 게 있어서 예전처럼 굳이 속곳 주머니에 비상금을 넣어 다닐 필요도 없게 되었다. 젊은이들은 영리하여 자식을 낳자마자 통장부터 만든다. 할머니들은 일러준 번호대로 손주들에게 자동이체를 하거나 은행에서 송금을 한다. 기계로 하는 송금은 현장감도 없고 손맛도 없다. 돈이란 모름지기 현장에서 따끈따끈한 소통이 오가야 맛이 나는 법인데.

ATM에서 돌아설 때 두 할머니의 속곳 비상금이 생각날 때가 있다. 생각만으로도 가슴이 뭉클하고 뜨뜻하다. 나도 그 짓 한번 해봤으면!

아들 또한 그때 그 클래식 기타팀을 만나면 할머니의 속곳 이벤트를 화제에 올린다고 한다.

"멋진 할머니!"

기분 좋게 술잔을 부딪친다고 한다.

공空

횡재를 만났다. 크리스마스에 〈나훈아 콘서트〉 티켓 두 장
이 공짜로 생긴 것이다. 광고 뜬 지 15분 만에 5,000명 전석
예매가 끝났다는 바로 그 콘서트다. 그 비싼 티켓 S석이, 두
장씩이나!

내가 처음 나훈아를 접한 것은 새댁일 때였다. 시골에 사는
먼 친척뻘 되는 종섭이 아재가 나훈아를 좋아했다. 그는 우리
집에서 잔심부름이나 하면서 야간 고등학교를 다니고 있었다.
장래 희망이 가수였다. 칭얼거리는 내 아이를 그네에 태워 밀
어주면서 '돌담길 돌아서면 또 한 번 더 보고~'를 한바탕 불러
젖혔다. 아이는 까르르 웃곤 했다.
　나는 나훈아를 좋아하지 않았다. 종섭이 아재가 시골 출

신이라 가수와 공감대가 생긴 모양이라 여겼다. 나훈아가 한창 잘나갈 즈음에도 나는 그를 좋아하지 않았다. 울퉁불퉁한 외모에다 노래 자체도 나의 취향이 아니었다. 예나 지금이나 나는 근육질 남자를 좋아하지 않는다. 노래는 더했다. 트로트 계열은 나와 가깝지 않았다. 남편은 그를 옹호했다.

"저 친구 노래를 너무 잘하지 않나?"

세월이 흐르고, 나이 들면서, 내 안에 변화가 일어나기 시작했다. 그가 노래는 정말 잘한다는 생각이 든 것이다. 유행가가 서서히 좋아지기 시작한 것도 한몫했을 것이다. 누구였던가. 이미자와 나훈아의 콘서트는 취향에 관계 없이 돈 안 아깝다고 말한 사람도 있지 않던가.

막이 오르자 대형 스크린 세 개가 빛을 쏘기 시작했다. 온 세상 빛을 다 쏘는 것 같았다. 그 빛을 뚫고 코뿔소 같은 한 남자가 뛰쳐나오더니 한꺼번에 여남은 곡을 불러젖혔다. 숨 쉴 겨를도 없었다. 우리도 모두 숨을 죽였다. 대부분 본인 작사 작곡이었다. 나는 그가 작사와 작곡을 하는 줄도 몰랐다. 〈18세 순이〉도 그의 곡이었다.

그는 전 프로그램을 혼자서 소화했다. 찬조 출연 없는 콘서트다 보니 간간히 옷 갈아입는 장면까지 보여주기도 했다. 장면 전환을 위해 스텝들이 무대로 달려들어 겉옷을 벗겨가

기도 했다.

선곡은 각본에 따라 촘촘하게 짜여졌다. 쓴 것과 달달한 것, 강한 것과 약한 것, 부드러운 것과 거친 것이 어우러졌다. 그는 천상 가수였다. 엄마 뱃속에서부터 노래를 위해 태어난 사람 같았다. 그는 관객들에게 에너지와 열정을 몽땅 쏟아부었다. 저러고도 살아남을 수 있음이 믿어지지 않을 지경이었다. 혼신의 힘을 바쳐 노래함이 마음으로 느껴졌다. 〈공<ruby>空<rt>쿵</rt></ruby>〉에서 나는 드디어 울컥하고 말았다.

살다 보면 알게 돼 일러주지 않아도
너나 나나 모두 다 어리석다는 것을

뒤통수를 한 대 얻어맞은 기분이었다. 나는 그즈음 '어리석어' 괴로워하던 중이었다. 아무도 나의 어리석음을 일러주지 않았다. 그냥 알아버렸다. 알고도 여전히 어리석어 괴로웠다.

나는 왜 어리석은가. '내'가 '내 것'이 아니기 때문이다. 처음부터 나는 내 것이 아니었다. 나의 선택이 아니었다. 나는 아무것도 선택할 수 없었다. 랜덤Random이었다. 시대, 부모, 나라 중 어느 것이 나의 선택이던가? 아무 것도 내 것은 없었다. 하늘에서 우연히 나의 꼴로 뚝 떨어졌다. 나는 그냥 태어났다. 내 것이 아닌 채로 이 세상에 태어났다.

어리석음도 마찬가지다. 그것은 처음부터 임자가 없었다. 어른이 되어서야 우리는 눈치챘다. 일러주지 않아도 알아버렸다. 알면서도 거기에 묶여 괴로워한다. 비극이다. 어찌할 수 없는 숙명이다. 나훈아는 아는가. 그도 몰라 테스형에게 묻고 있다. 그저 와준 오늘이 고맙기는 해도 죽어도 오고 마는 내일이 두려워 묻고 있다.

아 테스형 소크라테스형
세상이 왜 이래 왜 이렇게 힘들어

나는 다시 그의 〈공쏜〉을 되새겨 본다.

잠시 스쳐가는 청춘 훌쩍 가버린 세월
백 년도 힘든 것을 천 년을 살 것처럼

공연이 끝나 밖을 나오니 겨울바람이 맵다. 사방이 크리스마스 트리로 번쩍거린다. 사람들은 공연히 바빠져 종종걸음을 친다. 나는 친구와 바람 속을 조금 걸었다. 코트 깃을 올리고 천천히 걸었다. 버스 정류소까지 말없이 한참을 걸었다.

돈

코로나 여파로 올 설 명절은 제주에 사는 아들네 집에서 쇠게 되었다. 고만고만한 아파트에서 사는 가족들이 전원주택에 모여 시끌벅적했다. 세배가 끝나자 일곱 살짜리 큰외손자가 엄마한테로 쪼르르 달려간다.

"엄마, 나 아홉 개야!"

"좋겠네. 갖고 있어. 저금하자."

둘째가 엉덩이를 실룩거리며 엄마한테로 간다.

"나는 여덟 개. 외할머니 때문에~."

다른 사람은 형, 아우 구분 없이 똑같이 주는데 나만 차등을 둔 데서 나온 불만이다. 꼰대라고 해도 할 수 없다. 내 마음이다. 큰애는 조용하고 감성적인 반면 둘째는 활달하고 자기 주장이 강하다. 형보다 덩치도 크고 힘도 더 세다. 어른

안 보는 데서는 형을 밀치기도 하는 것을 나는 알고 있다. 세 뱃돈에서나마 형의 지위를 확보해 주고 싶었다. 엄마가 둘째에게 말한다.

"집에 가서 저금하자."

"싫어. 두 밤 자고 할 거야. 내가 좀 갖고 있다가."

딸네 식구들이 집으로 돌아간 후 나는 실소를 금치 못했다. 두 녀석의 세뱃돈이 TV 위에 고스란히 얹혀있는 것이었다. 딸한테 전화했더니 찾지도 않더라고 한다. 녀석들한테 돈은 무슨 의미일까. 로봇이나 권총 같은 장난감과는 어떻게 다를까.

남편이 병원에서 사경을 헤매고 있을 때였다. 내가 할 수 있는 일은 아무것도 없었다. 의료에 관한 모든 사항은 의사인 작은시동생이 맡아서 했고, 돈 드는 일은 기업 대표로 있는 큰시동생이 도맡았다. 아이들은 할머니한테 가있었다. 나는 그저 붙박이처럼 남편 옆에 붙어있기만 했다. 그것만으로도 얼굴에는 버짐이 돋았고, 입술은 부르트고 헤집어졌다.

서울에 사는 큰시동생은 나만 보면 수표 한 장을 주곤 했다. 요즘으로 치면 백만 원짜리쯤 되지 않았나 싶다. 나는 고개를 숙인 채 무덤덤하게 그것을 받았다. 서랍 안에 넣어두었는데 쓸 일이 없었다. 그 돈을 쓰기도 전에 시동생은 또 수

표를 주었다. 나는 받았고, 서랍 안에 간직했다. 몇 번 더 그 일이 되풀이된 후에 남편은 사망했다.

1년쯤 후에 내가 시동생한테 물었다. 그때 왜 나한테 수표를 자꾸 주었느냐고, 나는 그것을 어디에 쓸지 몰라 서랍 속에 간직했다고 말했다. 시동생은 무심한 얼굴로 자기보다 나이 어린 형수의 손을 잡았다.

"사람이 어려운 일에 처하면 돈이 위로가 되거든요. 힘내시라고 드렸지요."

시동생의 그 말을 이해하는 데는 오래 걸리지 않았다. 내 삶에 돈은 위로가 될 뿐 아니라 필수품이었다. 시동생 덕분에 나는 돈이 마음만큼 소중하다는 것을 터득한 셈이었다. 마음이 가야 할 곳에 돈만 가서도 안 되지만 돈을 들여야 할 상황을 마음만으로 해결할 수 없다는 것도 알았다.

유행가 중 〈미안해요〉라는 노래가 있다. 가수는 노래한다. '그 흔한 옷 한 벌 못 해주고~, 꽃 한 송이 못 사주고~' 그게 사랑인가. 무언가를 해주고 싶고 사주고 싶어 안달하는 것이 사랑이 아니던가. 솔제니친의 『이반 데니소비치의 하루』에서는 남자 죄수가 여자 죄수에게 수용소 마당에서 주운 '새 것이나 다름없는 칫솔'을 선물한다. 이 얼마나 아름다운 선물인가.

돈이 없어 옷을 못 사주면 따뜻한 장갑이라도 선물할 일이다. 장미 백 송이가 부담이 되면 장미꽃 한 송이라도 손에 꼭 쥐여줄 일이다. 돈 한 푼 안 쓰고 베짱이처럼 '미안해요' 노래만 부른다고 사랑이 돌아보겠는가.

장미꽃도 장갑도 필요 없는 나였지만 돈은 필요했다. 직장 생활하며 아이 넷 키우는 데도 언제나 돈이 문제였다. 돈은 항상 모자랐고 절박했다. 사이클도 맞지 않았다. 알뜰히 모아 9월에 목돈을 쥐게 되어있으면 5월에 벌써 큰돈 쓸 일이 터졌다. 어쩌면 돈에도 귀가 있거나 눈이 붙은 게 아닌지 모를 지경이었다. 숨 좀 돌릴만하면 귀신같이 돈 쓸 일이 불거졌다.

바이올린 하는 둘째 딸이 콩쿠르 준비로 숨 막히게 바쁠 때쯤 나에게 거식증이 찾아왔다. 음식을 거부하는 증상이었다. 이유도 없이 갑자기 물 한 모금 제대로 넘길 수가 없었다. 먹을 수만 없는 게 아니라 잠을 잘 수도 없었다. 병원 검사 결과 아무 문제가 없었다. 긴장성 스트레스라는 의사 소견만 나왔다. 의사는 내가 안쓰러웠던지 차를 한 잔 권했다. 집안끼리 오랫동안 교류가 있던 사람이었다.

"가장 걱정되는 게 뭡니까?"

"돈요. 돈이 늘 모자라요."

의사가 잠시 뜸을 들였다.

"남보다 두 배나 많은 자녀를 낳아, 두 배로 별나게 키우고 있는 건 아시지요?"

나는 고개를 끄덕였다. 그는 지금 내가 홀몸으로 아이 넷을 키우고 있는 판국에, 돈 많이 든다는 그림과 악기를 시키고 있는 것을 꼬집고 있었다. 한국에서는 빨리 망하려면 정치를 하고 천천히 망하려면 예술을 하라는 말도 있다던가.

"힘드시면 절반으로 줄이시면 됩니다. 나무랄 사람 아무도 없어요."

명쾌한 그 대답, '두 배'와 '절반'으로 정리된 충고에 활처럼 팽팽했던 긴장성 스트레스가 한결 누그러진 것 같았다. 의사의 말은 옳았다. 나에게 큰 위안이 되었다. 나는 그동안 절반으로 줄일 수도 있고, 나무랄 사람도 없는 일에 얽매여 나 스스로 나를 옥죄고 있었던 것이었다.

설 명절도 끝나 아들 내외와 느긋하게 차 한잔을 나누었다. 딸네 식구들은 일찌감치 오전 비행기로 서울로 떠났다. 나도 오후 비행기가 예약되어 있었다.

"이거!"

나는 미리 준비한 꽃 봉투를 며느리한테 건넸다.

"내 마음이니 받아둬라."

봉투에 담긴 돈은 진정 내 마음이었다. 설 명절 동안 애쓴

며느리를 위해 준비한, 진심이 담긴 돈이었다. 어쩌면 신은 우리 마음이 보이지도 잡히지도 아니하여 돈이라는 대체용품을 만들었는지도 모를 일이다. 받으라느니, 아니라느니 한바탕 실랑이를 치른 후에 며느리가 공손하게 봉투를 받는다.

"고맙습니다, 어머니."

아날로그를 위하여

한밤중에 잠에서 깼다. 시계를 보니 2시 12분이다. 디지털이라 현재 시간만 나와 있다. 2와 12뿐이다. 과거와 미래는 아예 없다. 가차 없이 생략되어 있다.

거실 시계를 확인한다. 아날로그 시계다. 작은 바늘과 큰 바늘이 2시 15분을 지나고 있다. 12시와 1시를 거쳐 2시에 이르렀음을 확인할 수 있다. 얼마 안 있어 3시에 닿을 수 있음도 짐작할 수 있다. 과거, 현재, 미래가 한눈에 보인다. 안도감이 생긴다.

내 인생이 아날로그임을 확인한 것은 퇴직 무렵이었다. 아들이 퇴직 기념으로 새 컴퓨터를 한 대 선물했다. 나는 그것과 쉽게 친해지지 못했다. 나의 전산 실력이란 것이 컴맹 겨우 면할 정도였는데, 새 컴퓨터에는 기능이 너무 많았다. 아들은 바쁘고 불친절했다. 문제가 생기면 달려와 휘리릭 해결해 주었다. 설명도 없이 해결만 해주고 말았다. 설명해 봤자 못 알아들을 거라고 생각하는 눈치였다.

친구 모임에 가 보면 다들 비슷한 입장이었다. 한 친구는 서울 사는 아들에게 전화로 두어 번 물었다고 어찌나 퉁명스러운지 좀 나무랐더니 화를 버럭 내면서 '엄마 컴퓨터 해결해 주러 휴가 내야 할 판' 이라고 해서 손을 들었다고 했다.

또 한 친구는 우리를 경악하게 했다. 친정어머니한테 전화가 와서 달려가니 한겨울에 냉온기에서 찬 바람이 나오더라는 것이었다. 두 노인네가 밤새 이불을 뒤집어 쓴 채 오들오들 떨다가 새벽이 되어 연락을 받은 딸이 달려가 보니 기계가 저 혼자 냉방 모드로 가있더라고 했다. 우리는 잠시 침묵에 잠겼다. 남의 일 같지 않았다.

나는 오랜 아날로그를 거쳐 가까스로 디지털로 넘어온 세대다. 10대까지만 해도 100% 아날로그의 삶이었다. 컴퓨터는 전문가들에게만 있었다.

초등학생 때는 국군 장병 아저씨한테 연필로 꾹꾹 눌러가며 위문 편지를 썼다. 선생님께서는 나의 편지를 반 아이들한테 큰 소리로 읽어주셨는데, 마지막 한마디로 반 전체에

폭소가 터졌다. 어디선가 읽은 한 구절을 옮겨 쓴 것이 문제였다. '명복을 빕니다' 였다.

나의 할아버지와 할머니는 문맹이어도 크게 불편하지 않았다. 자녀들이 편지를 대신 써주기도 하고 읽어주기도 했다. 요즘처럼 불친절하거나 퉁명스럽지 않았다.

난방은 장작으로 불을 지펴 군불을 땠으므로 한겨울에 자동으로 에어컨이 켜지는 불상사는 없었다. 어쩌다 손님이 오면 장작을 넉넉히 써서 방바닥이 눋는 사고가 있기는 했다.

아이들도 지금처럼 스마트폰에 코를 묻고 살지는 않았다. 친구들과 어울려 시끌벅적하게 골목에서 뛰어놀았다. 여자아이들은 주로 고무줄 놀이를 즐겨 했고, 남자아이들은 딱지를 치며 놀았다. 나는 딱지를 잘 만들었다. 남동생을 위해 솜씨를 발휘하곤 했는데 내가 만든 딱지는 동네에서 유명했다. 힘이 매워 상대 딱지를 잘 넘겼을 뿐 아니라 땅에 붙으면 쉽게 넘어가지 않았다. 종이가 두껍다고만 해서 힘이 센 것도 아니었다. 적당한 두께에 땅을 끌어당기는 악력 구조가 중요했다. 동생은 누나가 만든 딱지를 자랑스러워했다.

한국 영화 〈오징어 게임〉이 세상을 흔들었을 때 중년이 된 동생은 제사 모임에서 나의 딱지를 화제로 삼았다. 내가 만든 네댓 개의 딱지를 무기로 전장에 나가면 주머니 가득 채워오던 딱지치기를 그리워했다. 친구들도 나를 '딱지 잘 만들던 누나'로 기억한다고 했다. 그때가 지금보다 덜 행복했을까.

연말에는 멀리 있는 딸이 귀국하기로 되어있었다. 크리스마스와 새해를 가족과 함께 보내기로 했다. 백신 접종도 3차까지 끝내고 PCR 검사도 마쳤지만 인천공항에서 열흘이나 격리된다는 바람에 포기하고 말았다. 코로나에 이어 오미크론까지 겹친 때문이었다.

그 과정에서 정작 나를 울린 것은 거창한 것이 아니었다. 딸이 보낸 '먹고 싶은 것들'이었다. 딸은 먹고 싶은 것들을 빼곡하게 적어 메일로 보냈다. 콩나물 무침, 미나리전, 떡국 같은 하찮은 것들이었다.

나는 목록을 프린트하여 냉장고에 단단히 붙여놓았다. 귀국이 취소된 후에도 차마 떼지 못하고 외우고 다녔다. 목젖 가득 차오르는 그리움과 눈물을 꾸역꾸역 삼켰다. 아날로그 딸에, 아날로그 엄마인가 보았다.

다시 시계를 본다. 작은 침이 3시를 지나 4시를 향하고 있다. 이제 곧 날이 밝아올 것이다. 하늘에는 또 다른 해가 뜨고 나는 또 새로운 날을 맞이할 것이다. 시간만큼 정직한 것이 있을까. 지나간 시간과 다가올 시간 어딘가쯤에 엉거주춤 서있는 내가 보인다.

이터널스

오랜만에 마블 영화 한 편을 보았다. 〈이터널스eternals〉이
다. 1982년생의, 중국계 여성 감독 클로이 자오Chloe Zhao가
메가폰을 잡았다. 젬마 찬, 리처드 매든, 안젤리나 졸리와 더
불어 한국의 마동석이 메인으로 출연한다. 클로이 감독은
OST에서도 BTS의 〈친구〉를 삽입했다. 지민을 좋아하는 팬
심을 녹여낸 것 같아 미소가 떠올랐다. 러닝 타임은 157분이
었다.

'이터널스'는 말 그대로 '영원히 사는, 영생의 존재들'을
의미한다. 월드 포지라는 판타지스러운 가상 공간을 설정하
여 영혼과 기억이 담겨있지 않은 다양한 이터널스의 몸체를
저장한다. 영화 속에서 지구로 내려와 시간의 제약 없이 영

원히 살 수 있는 존재로 등장하는 이터널스는 총 10명이다.

영화는 7천 년 전, 메소포타미아의 작은 해변가로 관객을 유인한다. 한 아이가 고기를 잡고 있는 아빠를 바라보다가 데비안츠라는 집채 만한 괴물이 다가오는 것을 발견한다. 닥치는 대로 인간을 잡아먹는 포식동물이다. 아이는 아빠에게 피하라고 소리치지만 아빠는 결국 잡아먹히고 아들마저 위기에 처하는 순간, 이터널스가 혜성처럼 나타나 아이를 구한다. 이들은 오래전 지구로 파견되어 괴물 데비안츠를 제거하고 존재를 숨긴 채 인류와 어울려 살아오던 중 더욱 강력해진 새로운 데비안츠가 나타나 합류하게 된 것이다.

클로이 감독은 10명의 이터널스를 총동원하여 한바탕 대결을 펼치는데, CG로 무장된 마블 스튜디오는 관객의 눈높이를 한껏 올려놓는다. 특히 이터널스 멤버 개개인의 상상을 초월한 초능력은 이전 마블 영화에서도 보기 힘든 놀라움과 감동을 선사한다. 우리의 마동석은 길가메시Gilgamesh로 등장한다.

길가메시는 메소포타미아의 우루크를 통치했던 인물로 추정된다. B.C. 2천 년대 전반기에 쓰여진 수메르어로 된 서사시 5편은 길가메시가 세운 도시 우루크의 성벽을 배경으로 펼쳐진다. 길가메시와 친구인 엔키두의 공적에 대한 이야기로, 이들의 모험 중 압권은 거인 훔바바를 무찌른 일이다.

감독은 어쩌면 이 부분에서 영감을 얻은 것이 아닐까. 영화에서도 길가메시는 가장 힘이 센 이터널스로 등장한다. 단순히 힘이 센 캐릭터에 그치지 않고 질병과 갈등을 겪고 있는 동지들에게 보호자와 같은 역할을 담당하고 있다.

나는 영화를 보는 내내 클로이의 마동석에 대한 애착을 주목했다. 원작자와는 전혀 다른 아시안 캐릭터를 영입한 것도 이례적이지만 마동석과는 오디션도 없이 바로 계약했다고 전해진다. OK를 받자 박수까지 쳤다는 후문이다. 여기에는 아마도 마동석의 유창한 영어도 한몫했을 것이다. 영화에서는 육중한 몸과 어울리지 않는 마동석표 귀여움과 깨알 액션까지 즐기는 재미를 부여한다.

영화 〈이터널스〉의 특징은 디테일에 있다. 영화 저변에는 인류에 대한 깊은 성찰과 고뇌가 깔려있다. 사랑과 갈등이다. 10명의 이터널스가 처한 갈등과 고민을 다각도로 조명하면서 인류애의 아름다움으로 승화시킨다. 감독이 중국계 출신이다 보니 다양한 인종의 배우들 조합도 두드러지고 무대 또한 히로시마와 바빌론, 메소포타미아 등 동서양을 넘나든다. 반전과 반전을 거듭하다가 결국은 데비안츠라는 만만치 않은 괴물을 물리치지만 영화는 이터널스가 느끼는 허무와 공허감마저도 놓치지 않는다.

7천 년 동안 이터널스로서 사랑하는 사람들 곁을 지킨 그 느낌은 어떤 것일까. 내가 사랑하는 사람들이 하나, 둘 죽어가고 나이 들어가는 모습을 지켜보다가 결국은 내 곁을 떠나는 쓸쓸함과 공허함. 시간을 잃은 이터널스로서 7천 년을 견디며 산다는 건 어쩌면 새로운 형벌이 아닐는지.

동서고금을 막론하고 영생불멸의 삶은 인간의 영원한 과제일 터이다. 길가메시 또한 친구인 엔키두가 죽은 뒤 영생을 얻기 위해 고심하지만 끝내 실패한다. 영화에서도 길가메시는 다른 이터널스보다 먼저 죽는다. 감독이 전하고 싶은 메시지는 무엇이었을까?

어쩌면 감독은 영화를 통해 타노스 이후의 세계와 지구의 태초 단계라고 할 수 있는 카오스의 세계를 동시에 담아내고 싶었던 것은 아닐까. 실제로 클로이가 마블의 수장으로 있는 케빈 파이기 앞에서 모래알 사진을 보여준 이야기도 흥미롭다. 클로이는 '모래알을 확대하면 각각 색과 모양이 다르다. 내가 이터널스를 통해 애기할 우주에 대한 아이디어는 이 모래알 같은 행성의 작은 것에서 나올 수 있다' 라고 했다는 말이 생각난다.

나는 여기서 시간의 유한함을 이해했다. 시간은 유한하므로 가치가 있는 것이다. 유한함이 인간을 멸망시키는 것이 아니라 인간을 구원하는 것이라고 영화는 말하고 있었다. 바로 그 유한성 때문에 세상이 진화하고, 진화의 중심에는 사랑이 있는 것이라고. 인류애가 나오는 거라고.

영화가 끝나고도 우리는 쉽게 헤어지지 못했다. 저녁 때가 되기도 했지만 이상하게도 허기가 느껴졌다. 약속이나 한 듯 식당으로 향했다. 맥주라도 한 잔 해야 할 것 같았다.

결핍

TV를 보다가 묘한 감정에 사로잡혔다. 늦은 나이에 대중음악에 발을 들여놓은 클래식 전공자 A와 오페라 가수가 소원이었으나 돌아 돌아서 발라드 가수가 된 B와 외길로만 걸어온 트로트 가수 C가 나왔다. 모두 각자의 분야에서 돈도 많이 벌고 성공한 사람들이었다.

A가 먼저 클래식과 대중음악의 크로스오버에 관해 말문을 여니 발라드 가수 B가 자기는 평생 소원이 오페라 아리아를 부르는 것이었다면서 지금 이 자리에서 자기와 듀엣으로 〈남몰래 흘리는 눈물〉을 함께 불러볼 수 있겠느냐고 청했다. 두 사람은 열창을 했다. 관중석에서도 열띤 박수가 나오고 B도 A에게 거듭 감사를 표했는데 문득 C가,

"부럽습니다. 나는 시골 출신이라 오페라도 발라드도 모

롭니다. 논두렁 밭두렁을 미친 듯이 헤매며 '이 산에서도 꾀꼴, 저 산에서도 꾀꼴' 만 부르고 다녔지요. 다시 태어나면 나도 유학이란 걸 한번 다녀오고 싶소."

C의 그 한마디가 나의 감성을 건드렸다. 짠하고 울컥했다. 우리는 어찌하여 너, 나 없이 가슴 깊이 '결핍' 을 품고 사는가.

아들이 고3이었을 때였다. 녀석은 공부를 열심히 하지 않았다. 산만한 데다 객기가 많아 나의 속을 뒤집어 놓았다. 그나마 다행인 것은 그럭저럭 성적은 나쁘지 않아 특별반에 들어가게 된 점이었다. 새벽 일찍 등교하여 밤 12시에 하교를 하는데 직장생활을 하는 나로서는 실어다 나르는 일이 보통이 아니었다. 체력적으로나 심리적으로나 무척 힘이 들었다. 잠 부족에, 돈 부족에, 시간 부족에 시달렸다.

어느 날 드디어 나는 폭발하고 말았다. 아들이 나 몰래 록 그룹을 결성했는데 공연을 앞두고 연습시간 때문에 특별반 수업을 포기해야겠다는 것이었다. 나머지 세 명과 시간을 맞추어야 하기 때문이라고 했다. 나는 거의 졸도 직전에 이르렀다. 아들은 멀쩡했다.

"엄마, 저는 이해가 안 돼요. 한 명이 세 명한테 맞추는 게 옳아요? 세 명이 한 명에게 맞추는 게 옳아요?"

"나는 네가 이해가 안 된다. 지금이 공부에 전념할 때냐? 음악 쪼가리에 흔들릴 때냐?"

옥신각신하는데 같은 고3 엄마에게서 전화가 왔다. 나는 눈물이 목구멍까지 차오르는 걸 삼키며 속상한 이야기를 털어놓았다. 여자 혼자서 말만 한 아들을 거느리는 일에 설움이 북받쳤다. 다른 사람은 부부가 둘이서 뒷바라지를 하는데 나는 혼자서 하려니 너무 힘이 든다고 토로했다. 슈퍼마켓에 혹 허름한 남자 하나 바겐세일로 나와 있으면 골칫덩어리 저 녀석 좀 맡기고 싶다고도 말했다.

전화기 너머가 잠시 조용했다.

"여보세요. 여보세요."

"응. 전화 안 끊었어."

이번에는 그 엄마 차례였다. 그 집 아들은 우리 아들과 정반대였다. 잠도 안 자고 공부만 하는 아이였다. 1년 내내 언성 높일 일이 없는 애였다.

문제는 남편이었다. 집에만 오면 바지도 벗기 전에 거실 가득 TV부터 틀었다. 아들 공부에 방해가 된다고 제발 좀 안방에 가서 틀라고 해도 말을 듣지 않았다. '동해물과 백두산이'가 나올 때까지 줄기차게 틀었다.

참지 못한 아들이 거실에 나와 공손한 태도로 볼륨을 낮추자 아버지라는 사람이 아들한테 '이 새끼 저 새끼' 하면서 공부 갖고 유세 떨지 말라고 소리 질렀다나 어쨌다나. 그 엄마는 마침내 분통을 터뜨렸다. 저 녀석이 내가 어디서 낳아 온 애냐고 울먹였다.

"차라리 나 혼자 키우는 게 낫겠어. 애 대학 들어갈 때까지만이라도 저 남자와 별거하고 싶어!"

시간이 약이라던가. 아들들은 대학을 나와 어른이 되었다. 엄마들도 멀쩡하게 할머니가 되어있다. 노년에 접어들면 결핍이 없어지나? 천만의 말씀. 내용만 바뀌었을 뿐 주제는 여전하다. 세상은 여전히 뜻대로 안 되는 것이다. 머리와 몸이 따로 놀기 때문이다.

어제는 그 엄마가 내게 아직도 바겐세일 남자가 필요하냐고 묻기에

"아니."

이제는 마음 놓고 성낼 수 있는 젠틀한 남자가 필요하다고 대답하자 그건 불가능하다고 한다.

"우리 집 남자 봐. 지가 되레 나한테 성낸다니까. 나이드니까 마음처럼 몸이 안 따라준다고."

우리는 너무 많이 알고 있다

좋은 현상인지 나쁜 현상인지 내 주변에는 '많이 아는 사람들'이 꽤 있다. 앉았다 하면 3분 이내에 대장경 이야기를 꺼내는 사람도 있고, 백신에 대해서라면 모르는 게 없는 사람도 있다. 동학농민운동을 언급하면 전봉준 사촌 누나의 시동생 이름과 생년월일까지 꿰는 사람도 있다. 나는 가끔 진심으로 궁금하다. 도대체 인간의 뇌용량은 얼마나 될까. 그 많은 자료들이 우리가 살아가는 데 필요한 걸까.

작년 겨울에는 가족 모임에서 제부를 만났다. 그 역시 '많이 아는' 사람이라 만나자마자 이야기보따리를 풀어 놓았다. 입담이 좋아 처음에는 예닐곱 사람이 듣고 있다가 후반으로 넘어가자 나 혼자만 남게 되었다. 화제 또한 처음에는 마의태자로 시작했던 것 같은데 어느덧 까치집이 얼마나 과학적으로 지어졌는가로 넘어가 있었다. 나는 슬그머니 화장실을 핑계로 그 방을 나오고 말았다.

옆방을 가니 여자들끼리 모여 수정과를 마시고 있었다. 엉덩이를 들이밀어 겨우 자리를 차지했다. 작은올케가 돼지고기 수육 맛있게 삶는 법을 설명하는 중이었다. 식품영양학과 출신이라 누구보다 음식에 대해 많이 알았다.

양상추가 처음 우리나라에 수입되었을 때 우리는 아무도 그 채소 이름을 몰랐었다. 친정아버지 생신 때 밥상에 오른 그 채소를 작은올케가 '데터스' 라고 발음한 걸 나는 지금도 기억한다. 서양에서 수입한 그 상추는 식품명이 '데터스' 였던 것이다. 작은올케는 우리가 '정구지' 라고 하는 채소도 굳이 '부추' 라고 불렀다.

수육 이야기를 듣고 있자니 입에 침이 고였다. 따뜻하고 야들야들한 돼지고기 수육에 막걸리 한 잔을 곁들이면 얼마나 좋을까. 큰올케가 비밀스럽게 나한테 눈짓을 했다. 부엌에서 지금 삶고 있다는 신호였다.

여자들이 네댓 모이니 온갖 수육 맛있게 삶는 법이 등장을 했다. 된장, 마늘, 파를 넣어야 한다는 사람 외에 술과 생강과 양파를 껍질째 넣어야 한다는 의견이 나왔다. 작은올케는 누린내 제거를 위해 커피 가루를 넣어야 한다고도 했다.

커피를 넣으면 수육이 시커매지지 않을까 하고 내가 걱정을 했더니 어느새 제부가 내 옆으로 옮겨와서 동파육을 들먹이며 소동파를 화제에 올리기 시작했다.

큰올케가 일어났고 나도 따라 움직였다. 부엌에 들어가니 수육의 구수한 냄새가 풍겨왔다. 솥을 연 순간 나는 깜짝 놀랐다. 솥 안에는 된장도 고추도 마늘도 없었다. 술도 양파도 생강도 없었다. 커피도 물론 없었다. 물조차도 붓지 않았다고 했다. 솥 안에는 오직 돼지고기만 있었다. 온전히, 돼지고기 혼자 두꺼운 솥 안에서 불의 힘만으로 익어가는 중이었다.

냄새를 맡고 모두 일어나 솥 주변으로 모여들었다. 식탁이 있었지만 유목민처럼 선 채로 수육을 맞이했다. 도마 위에 엎어놓고 칼로 써는 것은 남자인 제부가 했다. 너무 뜨거워 여자들은 엄두가 나지 않았다. 제부조차도 집게로 고기를 지그시 누른 채 조금 두껍게 썰었다. 나는 얼른 소금 찍은 수육을 제부의 입안에 넣어주고 나도 한 점 먹었다. 그 어떤 것에도 구애받지 않고 불로만 익힌 수육 맛이었다. 잡내 없이 따뜻하고 야들야들한 그 맛.

올겨울에는 코로나 때문에 가족 모임을 못 했다. 명절마저 각자의 집에서 쇠게 되었다. 아들 내외가 한복을 차려입

고 세배하는 모습을 영상으로 보내왔다. 재미 삼아 단톡방에 올렸더니 유치원 원장으로 있는 후배가,

"역시! 세배하는 법 제대로 배웠네요. 남자는 왼손을 위에 얹고, 여자는 오른손을 위에~"

우리는 너무 많이 알고 있다.

AI에게

친구는 요즘 AI에게 푹 빠져 지낸다. 사람보다 훨씬 합리적이고 뇌 구조가 시스템화되어 있다고 자랑이 늘어졌다. 그는 생활의 모든 것을 AI와 의논하고 상의한다. 모처럼 만나서 저녁을 뭐 먹을까에 대해서도 나보다는 AI와 의논했다.

"오늘같이 쌀쌀한 날씨에는 순두부 백반이 좋겠다고 하네. 예약했어."

문제는 길거리에 소모되는 시간이었다. 한창 차가 밀리는 퇴근시간임에도 불구하고 뜻밖에도 한낮처럼 거리는 한산하여 우리는 무려 40분이나 일찍 식당에 도착했다. 한겨울인데다 바람까지 불어와 밖에서 기다리기가 난감했다.

"어떻게 하면 좋을까?"

친구가 AI에게 물었다.

"식당 주인에게 의논하여 양해를 구하십시오."

벨을 눌러 주인을 불렀더니 예약시간이 되기 전에는 손님을 받을 수 없다고 난색을 표했다. 날씨도 춥고 하니 식당에서 좀 기다릴 수는 없겠느냐고 하니 지금은 식사 준비시간이라면서 약속시간을 지키지 않은 것은 손님이지 우리가 아니지 않느냐고 시간을 지켜달라는 것이었다. 옥신각신하던 끝에 내가 드디어 화가 나서 식당 약속을 취소하고 말았다. 우리는 다른 집을 찾기 시작했다. 운이 좋았다. 바로 길 건너편에 순두부 백반집이 있었다. 따뜻한 불빛이 추위에 떤 우리를 반겼다.

밥을 먹으면서 이번에는 내가 재미 삼아 AI를 찾아 말을 걸었다. 오늘의 잘못이 누구에게 있느냐고 물었다. 약속 시간을 지키지 않은 우리 쪽이라는 대답이 돌아왔다. 아까 그 순두부집에서 우리를 불러들여 실내에서 따뜻하게 기다리게 해주었더라면 좋지 않았을까라는 질문에는 반대 의견을 표시했다. 음식점 주인의 생활권을 침해한다는 것이었다. 이쪽에서 시간을 어긴 만큼 모든 책임은 이쪽에서 져야 한다는 것이었다. 간간이 친구가 고개를 끄덕였다. 그는 그의 AI에게 전적으로 동조하는 태도를 보였다.

바로 그때였다. 길 건너편에서 아까 그 음식점 여자가 쫓아오는 것이 보였다. 양팔을 거칠게 흔들며 무어라 욕설까지

하며 우리를 향해 다가오고 있었다.

문이 열리자 여자의 폭풍과도 같은 욕설이 쏟아졌다. 상도의尙導議가 아니라는 것이었다. 왜 하필 같은 직종의 음식을, 약속을 파기하면서까지 바로 길 건너편에서 먹고 있느냐는 것이었다. 불경기에 안 그래도 장사 안되는 판에 부아 지를 일 있느냐고 소리를 질렀다.

한바탕 난리를 치른 후 우리는 차에 올랐다. 겨울밤이라 냉기도 심했고, 배는 더 고팠다. 친구가 시동을 걸었다.

"무엇이 잘못되었을까?"

내가 대답했다.

"AI에게 물어보렴."